O QUE RESTA DE NÓS

O QUE
RESTA
DE NÓS

VIRGINIE GRIMALDI

O QUE RESTA DE NÓS

tradução: Julia da Rosa Simões

3ª reimpressão

Copyright © 2022 Librairie Arthème Fayard
Copyright desta edição © 2024 Editora Gutenberg

Título original: *Il nous restera ça*

Todos os direitos reservados pela Editora Gutenberg. Nenhuma parte desta publicação poderá ser reproduzida, seja por meios mecânicos, eletrônicos, seja via cópia xerográfica, sem a autorização prévia da Editora.

EDITORA RESPONSÁVEL
Flavia Lago

EDITORAS ASSISTENTES
Samira Vilela
Natália Chagas Máximo

PREPARAÇÃO DE TEXTO
Aline Silva de Araújo

REVISÃO
Carla Bettelli

ILUSTRAÇÃO DE CAPA
Paula de Aguiar

DIAGRAMAÇÃO
Guilherme Fagundes

Dados Internacionais de Catalogação na Publicação (CIP)
Câmara Brasileira do Livro, SP, Brasil

Grimaldi, Virginie
   O que resta de nós / Virginie Grimaldi ; tradução Julia da Rosa Simões. -- 2. ed. ; 3. reimp. -- São Paulo : Gutenberg, 2025.

   Título original: Il nous restera ça

   ISBN 978-85-8235-706-4

   1. Ficção francesa I. Título.

23-158240   CDD-843

Índices para catálogo sistemático:
1. Ficção : Literatura francesa 843

Eliane de Freitas Leite - Bibliotecária - CRB 8/8415

A **GUTENBERG** É UMA EDITORA DO **GRUPO AUTÊNTICA**

São Paulo
Av. Paulista, 2.073, Conjunto Nacional
Horsa I . Salas 404-406 . Bela Vista
01311-940 São Paulo . SP
Tel.: (55 11) 3034 4468

Belo Horizonte
Rua Carlos Turner, 420
Silveira . 31140-520
Belo Horizonte . MG
Tel.: (55 31) 3465 4500

www.editoragutenberg.com.br
SAC: atendimentoleitor@grupoautentica.com.br

Para Serena, Sophie e Cynthia,
minhas certezas.

Todas as coisas têm uma rachadura.
É por ela que entra a luz.

Leonard Cohen

Não devemos ter medo da felicidade,
ela é apenas um bom momento a ser vivido.

Romain Gary

PRÓLOGO

JEANNE

Três meses antes

Era o grande dia. Jeanne não dormira a noite toda. Ela arrumou o coque e prendeu o véu. Suas mãos tremiam levemente, complicando a operação. Ela tinha feito questão de ficar sozinha para se preparar, apesar de todos insistirem em acompanhá-la. Sabia da importância daquele momento, uma transição que se imprime de maneira profunda na memória e nunca mais se apaga, e queria vivê-lo plenamente, sem distração. Pela janela, o sol de junho acariciava o assoalho de carvalho do quarto. O círculo dourado que se formava era seu lugar preferido do apartamento. Ele aparecia no fim da manhã, quando os raios encontravam uma brecha por entre as chaminés do prédio da frente. Jeanne adorava pisar sobre ele, os dois pés sentindo o doce calor. Um dia, Pierre a surpreendera naquela posição, de frente para a janela, com os olhos fechados, os braços abertos, inundada de luz. Totalmente nua. Ela quisera desaparecer entre as lâminas do assoalho, tamanha sua vergonha, mas Pierre tinha rido:

– Meu sonho sempre foi casar com um suricato.

Um improvável pedido de casamento, original, quase louco. Era a quarta vez que ele fazia a proposta desde que passaram a morar juntos. Nas outras vezes ela negara, perdidamente apaixonada pela liberdade. Ali, no círculo de sol, encantada com a fantasia daquele homem que aceitava a sua própria fantasia, ela dissera sim.

O relógio da sala soou, ela estava atrasada. Jeanne lançou um último olhar para o espelho e saiu do apartamento.

Ela decidira ir a pé até a igreja, que ficava a duas quadras de distância. No trajeto, vários olhares se demoraram sobre ela. Cabeças se viraram. Uma jovem filmou-a com o celular. Sua roupa não passava despercebida. Jeanne não viu nada, só tinha olhos para um único pensamento: em poucos minutos, estaria com Pierre. Ele já devia estar lá, no lindo terno cinza que ela escolhera.

A pequena esplanada estava vazia. Todos estavam dentro da igreja. Jeanne alisou o tecido do vestido, tentando controlar seu tremor. Suas pernas mal conseguiam sustentá-la. Ela fixou um sorriso no rosto e atravessou as portas de madeira.

A igreja estava lotada. Havia poucos bancos, cadeiras tinham sido colocadas nas laterais, mas havia muitas pessoas de pé. Todos os olhares se voltaram para Jeanne. Ela não prestou atenção. Num passo lento, seguiu até o altar, sem tirar os olhos de Pierre. Ela se perguntou se seu peito resistiria ao galope de seu coração. O órgão tocava uma música desconhecida, embora ela tivesse escolhido "Hallelujah", de Leonard Cohen. O padre estava atrás do altar, com as mãos juntas à frente do corpo.

À direita, um gesto chamou a atenção de Jeanne. Suzanne apontava para um lugar vazio na primeira fila. Ela sorriu e continuou seu caminho até o homem que amava.

O órgão silenciou quando ela chegou ao lado de Pierre. O silêncio foi total. Jeanne observou detidamente o rosto dele. Os cílios longos, o queixo redondo, a testa reta. Ela nunca se cansava de seus traços. Eles tinham se tornado sua paisagem, sua casa. Como ela poderia viver sem eles? O padre limpou a garganta, a cerimônia precisava começar. Ela lhe dirigiu um leve sorriso, pensando no padre Maurice, que os casara naquela mesma igreja cinquenta anos antes, então levantou o véu preto, se apoiou no caixão e depositou seu último beijo nos lábios do marido.

THÉO

Dois meses antes

Encontrei um carro velho. Um sujeito veio à padaria perguntar se podia deixar um anúncio de venda. Eu estava finalizando os *éclairs* de café.

Ele disse a Nathalie: "É urgente, estou precisando muito de grana".

Ela disse que não, odeia quando o balcão fica cheio de papéis, ela sempre manda embora as pessoas que pedem para deixar propagandas e anúncios. O sujeito já estava na calçada quando o alcancei. Ele tinha uma cara que mais convidava à fuga do que à confiança, tinha um tique num dos olhos e mãos do tamanho de uma raquete, mas, se ele precisava de grana, eu precisava de um carro.

Quando fechamos a padaria, ele me esperava no estacionamento. Com aquele preço, eu tinha esperado o pior, mas era pior que o pior. Um Peugeot 205 branco com o para-choque amassado e o resto em estado não muito melhor. No capô e no porta-malas, os logotipos da Peugeot tinham sido substituídos por insígnias da Ferrari. Adesivos de gosto duvidoso cobriam totalmente o vidro traseiro. Pedi para ver o motor, e o capô se recusou a abrir. Mas o carro ligou, era o que importava.

– Posso pagar cem euros – falei.

– Trezentos, sem negociação – ele respondeu.

– Ele não vai rodar muito, não vale trezentos.

Seu olho piscou mais rápido, talvez estivesse me ameaçando em código Morse.

– Eu disse "sem negociação", não me faça perder tempo. Interessado ou não?

Dei mais uma volta no carro, inspecionei os assentos, que estavam em bom estado.

– Duzentos e um *éclair* de café. É tudo que tenho, irmão.

Ele abaixou a cabeça, aproveitei para olhar suas mãos, mas não devia ter feito isso. Uma bofetada e eu sairia voando. Ele me estendeu uma delas:

– Tudo bem. Fique com o *éclair*, estou de regime.

Peguei os documentos e preenchemos os papéis de venda. Ele contou duas vezes as notas e guardou-as no bolso de dentro do casaco. Um terço de meu primeiro salário. Antes de ir embora, ele me deu um tapinha nas costas e meu braço quase caiu. Colei o adesivo de "motorista iniciante", joguei minha mochila no banco de trás e acelerei.

As ruas de Paris estão lotadas, o carro morre a cada sinal vermelho. É a primeira vez que dirijo desde que tirei a carteira. Aqui, ando de metrô.

Amanhã vai fazer dois meses que estou trabalhando. Na escola, os professores me incentivavam a seguir estudando. Mas não tive escolha. No curso para o Certificado de Aptidão Profissional, ganho quase metade do salário mínimo. Nas aulas de confeitaria, fui avisado: não espere contratos vantajosos. Mas trabalho não falta. Sou talentoso: onde eu morava antes, todo mundo adorava meus bolos. Sempre queriam que eu preparasse algum, e eu não me fazia de rogado. Devem estar sentindo falta.

Alguém buzina atrás de mim. No retrovisor, um sujeito me xinga. Giro a chave, piso no acelerador, o carro tosse. Tento de novo, ele se movimenta bem na hora que o sinal fica amarelo. Avanço e faço um pequeno sinal com a mão para o sujeito no retrovisor. Ele me responde com o dedo do meio.

Chego a Montreuil quando começa a anoitecer. Encontro um lugar para estacionar na Rue Condorcet, na frente de uma pequena casa de venezianas azuis. Pego minha mochila e tiro o sanduíche que Nathalie me vendeu. Dois euros, porque iria para o lixo. Ela assobiou quando perguntei se podia pagar amanhã. Ela é tão sovina, aposto que usa os dois lados do papel higiênico.

A chuva começa a cair, testo o limpador de para-brisa, que não funciona. Azar. Não pretendo usar o carro para dirigir. Deito no banco de trás, apoio a cabeça na mochila, me cubro com o casaco. Coloco os fones de ouvido e começo a ouvir o último álbum do Grand Corps Malade. Acendo o cigarro que enrolei de manhã e fecho os olhos. Fazia tempo que não me sentia tão bem. Essa noite, não vou dormir no metrô. Por duzentos euros, comprei um lar.

IRIS

Um mês antes

Aos 2 anos, caí do cavalo de um carrossel. Meu pai não me prendeu direito e se distraiu com minha mãe, que, de um banco, gritava para ele me segurar. Quebrei o punho, fui operada e costurada. Minha mãe culpou meu pai, meu pai culpou minha mãe, e eu culpei o cavalo. Foi minha primeira cicatriz.

Aos 6 anos, para não perder para meu primo, dei meu máximo numa corrida de patins no assoalho de nossa avó. Meu lábio inferior se abriu, como o mar de Moisés. No hospital, eles colaram os pedaços com fita adesiva. Foi minha segunda cicatriz.

Aos 7 anos, o cachorro caramelo dos vizinhos tirou um pedaço de minha panturrilha. Foi minha terceira cicatriz.

Aos 11 anos, na aula de inglês, a professora tinha acabado de me fazer uma pergunta quando uma dor violenta me dobrou ao meio. Ela pensou que eu estava fingindo para passar a vez e não me deixou ir até a enfermaria. Na manhã seguinte, fui operada de apendicite e me tornei a queridinha da professora de inglês. Foi minha quarta cicatriz.

Aos 17 anos, tirei uma pinta da bochecha. Ela era alta e feia, eu tinha a impressão de ter um Choco Krispis no rosto. Levei cinco injeções para a anestesia e seis pontos. Foi minha quinta cicatriz.

Aos 22 anos, acordei um dia com uma dor no cóccix que me obrigou a caminhar como se estivesse de pé de pato. O médico descobriu um cisto que precisava de cirurgia imediata.

A anestesia foi ruim, pensei que iria morrer, mas, ao acordar, o teto me garantiu que eu não estava no paraíso. Por três semanas, fiquei com um curativo num lugar horrível, que me impedia de sentar. Foi minha sexta cicatriz.

Aos 26 anos, deitada de costas na praia, para me bronzear, o guarda-sol do vizinho saiu voando com o vento e me acertou em cheio na canela. Ele se desfez em desculpas e aproveitou para me convidar para jantar, preferi seguir os bombeiros. Foi minha sétima cicatriz.

Aos 30 anos, conheci Jérémy. Foi minha oitava cicatriz.

SETEMBRO

1
JEANNE

Jeanne mergulhou o mixer na panela e ficou observando os legumes se desmancharem.

Ao longo de cinquenta anos, Pierre e Jeanne tinham entrelaçado suas rotinas. A primeira a sair da cama era ela, tirada do sono por pensamentos sombrios. Ela tinha nascido assim, dotada de uma melancolia incômoda, que pousava um véu opaco sobre as notícias boas e os momentos felizes. Às vezes, sem motivo aparente, ela sentia um buraco se abrindo em seu ventre e um vazio abissal a aspirava com força. Ela se acostumara com aquilo, como se fosse um ruído de fundo.

Ela saía da cama sem fazer barulho, se servia um chá e se instalava no segundo quarto, onde costurava até que Pierre acordasse. Então eles tomavam o café da manhã juntos, se arrumavam juntos e saíam juntos para trabalhar separados. À noite, ela chegava depois dele; antes ele passava na padaria, ela na mercearia, e eles cozinhavam juntos, jantavam juntos, viam um filme ou um programa de televisão juntos.

Fazia três meses que Jeanne descosturava, ponto por ponto, aquela rotina. O plural se tornara singular. O cenário era o mesmo, as horas eram as mesmas, mas tudo parecia vazio. Até a melancolia desaparecera, como se sua vida inteira tivesse sido um treinamento para o luto que estava vivendo. Ela não sentia mais nada.

Boudine latiu quando alguém bateu à porta. Era o carteiro, com uma carta registrada.

— Poderia assinar aqui, senhora Perrin?

Ela assinou enquanto Boudine cheirava com avidez os sapatos do carteiro. Aquela cachorra tinha a particularidade de imitar à perfeição o grunhido de um porco.

Jeanne não abriu o envelope, ela sabia o que continha. A mesma coisa que os anteriores. Ela também não respondera ao primeiro chamado. Pierre é que gerenciava as contas bancárias. Ela sabia, porque ele nunca escondera nada, que a situação financeira do casal estava frágil havia vários meses.

Jeanne e Pierre pertenciam à chamada classe média. Seus salários tinham permitido que eles se tornassem proprietários de um apartamento de quatro cômodos no 17º arrondissement, em 1969, e que vivessem bem, sem excessos nem grandes privações. Uma vez por ano, viajavam e faziam doações a várias associações. A aposentadoria freara o ritmo de vida, eles passaram a viajar para lugares mais próximos, diminuíram o consumo de peixe e carne, e Pierre começara a fazer as contas com mais regularidade. A pensão que ela recebia, em vez da aposentadoria de Pierre, fizera as contas mergulharem no vermelho. O gerente do banco, embora compadecido, sugerira que ela vendesse o apartamento. Aquilo estava fora de cogitação. Aquele não era *seu* apartamento, era o apartamento *deles*. Pierre ainda vivia ali, no cheiro do fumo de seu cachimbo, que impregnara as paredes, na porta da cozinha, que ele pintara de verde num dia de primavera, na silhueta encurvada que ela ainda via à janela.

Ela colocou o envelope em cima do aparador e deixou Boudine subir em seus joelhos. Ligou a televisão e escolheu um canal ao acaso. Tudo menos o silêncio. Na tela, um jovem visitava um apartamento. Uma voz, sem dúvida do jornalista que apresentava a reportagem, anunciava os números de um tipo de moradia em expansão. A barra de notícias resumia o tema: "*Coliving*, uma opção vencedora".

2
THÉO

Como toda quinta-feira, o caminhão de lixo me acorda. São seis horas. Afundo a cabeça no travesseiro que roubei do supermercado. Ninguém percebeu, entrei magro e saí gordo. Não fui ambicioso, peguei o mais barato. Fui obrigado a fazer isso; na primeira noite dormi em cima da mochila e fiquei com um torcicolo insuportável. Minha cabeça ficou pendida para o lado esquerdo, eu não conseguia endireitá-la, tive que caminhar de lado, como um bailarino de "O Lago dos Cisnes Estropiados". Mas não preciso de muito conforto para dormir, estou acostumado a apagar em qualquer lugar. No metrô era pior, não por causa dos azulejos, mas por causa do medo. Uma vez fui agarrado por três caras que queriam meu celular, pensei que fosse morrer. Estou bem melhor no meu carro.

Dou uma passada nas redes sociais, como faço todo dia de manhã. Uma mensagem de Gérard, que não abro. Mais nada. Eles me esqueceram rápido.

A casa de venezianas azuis ainda dorme, gosto de imaginar a vida lá dentro. No colégio, os professores me criticavam por viver no mundo da lua, me chamavam de sonhador. Eu não sonho, eu fujo. A realidade é minha prisão.

Atrás das venezianas azuis, imagino quartos com carpete. Macio, onde os pés afundam, não o negócio áspero que eu tinha no meu alojamento. Perfume de baunilha, velas acesas. Som ambiente, música clássica ou algo do gênero. Chaves sobre o aparador do hall da entrada, pantufas embaixo dele. Uma xícara de café fumegante sobre a mesinha de centro.

A mãe no sofá, ainda de pijama, lendo Romain Gary pela quinta vez. O pai na ducha, assobiando. O filho dormindo embaixo de um edredom volumoso e sobre um travesseiro que não foi roubado. Um gato ronronando, deitado sobre a barriga de seu dono. Merda. Minha imaginação é um filme de Natal.

Tento me motivar para levantar e me vestir. Toda noite, tiro a roupa antes de dormir e me cubro com o velho casaco que Ahmed me deu quando fui embora. Lavo a roupa a cada quinze dias na lavanderia solidária da Cruz Vermelha. Escovo os dentes com a água de um cantil, faço o resto da higiene matinal na pia da padaria, durante o intervalo do almoço. Duas vezes por semana, tomo um banho gratuito na ducha municipal e aproveito para fazer a barba. Sempre detestei estar sujo, não suporto ficar fedendo, o que mais sinto falta é de uma ducha quente todos os dias. Disso e de pessoas que se importem comigo.

Ainda estou tentando acordar quando uma luz me cega. Um soco no capô, logo entendo que é a polícia. Abro a porta; as manivelas para abaixar os vidros desapareceram.

– Polícia Nacional, papéis, por favor.

Sinto vontade de responder "tesouras", mas acho que eles não vão entender.

Eles são dois, até que simpáticos, me explicam que preciso sair dali. Cometi doze infrações em dois meses; por mais que eu mova o carro regularmente, não parece bastar.

– O senhor não pode ficar aqui.

Explico que não fiz nada de errado, que só precisava de um lugar calmo, que todo dia de manhã pego a linha 9 para ir trabalhar, que volto à noite para dormir, mas não adianta, eles querem que eu desapareça.

– Por que escolheu essa rua? – me pergunta o mais jovem.

Dou de ombros. Eles continuam falando, ameaçam apreender meu carro, mas já não ouço mais nada. Atrás dele, no primeiro andar, uma veneziana azul começa a se abrir.

3

IRIS

É o décimo segundo apartamento que visito. Mais detonado que os onze primeiros, e a concorrência é grande. O corretor de imóveis não se dá ao trabalho de abrir a boca, seu trabalho é feito pelo mercado: somos vinte pessoas amontoadas no corredor e na escada, ansiosas para escrever nossos nomes acima da campainha estragada. O aluguel é indecente, mas ouço uma jovem oferecer um valor maior. Um barbudo se ofende ruidosamente, os outros, como eu, preferem não se manifestar para evitar que suas candidaturas sejam impugnadas. Observo todo mundo com o canto do olho, tentando avaliar por suas roupas e atitudes as cifras de seus salários. Quantos devem ter uma ficha melhor que a minha? Dezenove, sem a menor dúvida.

Desde que estou em Paris, minhas economias evaporaram. A quitinete que alugo por semana não é tão cara quanto o hotel, mas não vou conseguir pagá-la por muito mais tempo.

O corretor de imóveis fecha a porta daquele horror e guarda os papéis numa pasta:

— Vamos estudar os documentos, manterei todo mundo informado.

Desço as escadas e deixo minhas esperanças no sexto andar: ele não vai me ligar. Não trabalho em tempo integral, não tenho fiador, não tenho todos os documentos, não sei o que me leva a participar dessas visitas. Tenho mais chances de encontrar o Wally do que um apartamento.

Paro na mercearia para comprar algo para comer. Como toda noite, jantarei acompanhada de uma tela.

Meu vizinho de andar abre a porta quando passo na frente de seu apartamento. Não faço barulho, mas o sujeito tem um ouvido tão poderoso quanto seu hálito, o que não é pouco.

– Quem é você?

– Sou sua vizinha, nos vimos pela manhã.

– Tem algo para beber?

– Devo ter um resto de suco de laranja.

Ele cai na gargalhada:

– Está achando que sou um maricas?

Perdi a chave no fundo da bolsa, claro. Remexo tudo e não consigo encontrá-la. O vizinho não me deixa em paz, ouço-o se aproximar.

– E para fumar, alguma coisa?

– Sinto muito, não fumo.

– Que bom, minha vizinha é a santinha do pau oco! – ele exclama para o elevador.

Hesito em dizer que a expressão "santinha do pau oco" não é usada desde a pré-história e que hoje pode levar à prisão perpétua, mas duvido que ele entenderia.

Enquanto ele continua com os sarcasmos, meus dedos finalmente tocam o metal. Pego a chave, abro a fechadura e bato a porta no nariz do vizinho.

Agora que não posso ser vista nem ouvida, tomo coragem, fico de frente para a porta fechada, ergo o queixo, estufo o peito e murmuro minha melhor resposta:

– Volte para sua caverna, Cro-Magnon.

4

JEANNE

— Fiz as contas, e não estamos bem.

Jeanne inclinou o regador e umedeceu a terra da dipladênia. As flores de um rosa profundo não paravam de abrir, apesar do tempo ruim. O outono batia à porta. Ela nunca gostara daquela época do ano, que anunciava o fim dos dias bonitos e preparava o tapete vermelho para a estação morta. Era a primeira vez que a chegada de outubro não a entristecia. Ela atravessara julho e agosto com total indiferença e não tentara segurar o verão. Agora, todos os meses tinham o mesmo gosto.

— Eu sei que você deve estar rindo, deve pensar que estou brincando, mas nunca falei tão sério: fiz as contas. É isso mesmo. Passei exatamente quatro horas e doze minutos fazendo as contas e o veredicto é definitivo: me faltam duzentos euros para fechar o mês, mesmo reduzindo as despesas para o mínimo necessário.

Jeanne puxou um lenço da bolsa e começou a limpar as placas. Lentamente, com suavidade, ela tirou o pó das letras gravadas. "A nosso professor"; "A nosso querido tio"; "A meu eterno amor". Como todos os dias, ela deixou para o fim a fotografia presa à lápide. Ela acariciou a testa, os olhos, a boca, lembrando-se da sensação da pele sob os dedos. Aquele era o momento mais doce e ao mesmo tempo mais doloroso. Aqueles poucos segundos com ele compensavam a cruel desilusão que se seguia.

— Você vai adorar ouvir isso, porque tinha razão. Devíamos ter guardado dinheiro. Você sempre foi mais previdente que eu.

A lucidez de Jeanne sobre a finitude do ser humano tinha a virtude de ter os dois pés bem fincados no momento presente. O amanhã era amanhã, não hoje. Quando Pierre falava em economizar para a velhice, ela ouvia uma língua estrangeira.

— E se eu morrer antes de você? — Ele se preocupava. — Seu salário não é alto, sua aposentadoria será irrisória. Como vai fazer?

— Não se preocupe — ela sempre dizia. — Esqueceu que sou três meses mais velha que você?

Jeanne dobrou o lenço e se sentou no banco que ficava a alguns passos de distância. Boudine se deitou a seus pés. O vento fez as folhas de um salgueiro-chorão farfalharem. Ela se perguntou se a escolha daquela árvore para um cemitério tinha sido proposital.

— Não acreditei que um dia você não estaria mais aqui — ela murmurou.

Jeanne ficou ali um bom tempo, contando a Pierre tudo o que podia contar. Ela esgotava os assuntos, fazia com que rendessem até ficarem completamente vazios. Mas aquele era um hábito de seu marido, encher as conversas de detalhes dispensáveis. Quantas vezes ela desligava enquanto ele falava? Os pais de Jeanne a tinham ensinado a só abrir a boca quando estritamente necessário. E agora, aos 74 anos, ela contava a uma lápide que aprendera num programa, na noite anterior, sobre os perigos do açúcar. Ela teria recitado a lista telefônica se isso lhe desse um pretexto para ficar mais um pouco ali. As conversas eram sem dúvida a coisa de que mais sentia falta. Ela gostava de compartilhar seus pensamentos tanto quanto de debater temas sociais com Pierre. Ele era a pessoa que mais a conhecia, que melhor a entendia. Ele antecipava suas reações, adivinhava seus humores. Quando eles assistiam a um filme e uma cena a abalava — o que acontecia com frequência quando havia um parto ou um bebê —, ela via, de canto de olho, a cabeça de Pierre se virar para ela. Ele colocava a mão sobre sua coxa e lhe dizia que tudo bem, que ele estava ali. Como ela conseguiria viver sem ele?

O dia escurecia quando ela se levantou. Jeanne percorreu os poucos metros que a separavam do marido e colocou a mão sobre a fotografia.

– Até amanhã, meu amor. Vou encontrar uma solução.

Em casa, Jeanne pegou a correspondência. Ela tinha recebido uma carta, que abriu mecanicamente ao entrar no apartamento. Era um texto impresso numa folha branca.

Inverno de 1980

Pierre não consegue aplacar a tristeza de Jeanne. Aos 37 anos, ela se torna órfã. Sua mãe acaba de morrer, depois de lutar contra um câncer por dois longos anos. Seu pai morreu um pouco antes, levado por um ataque cardíaco às vésperas dos 60 anos. No enterro, Jeanne e a irmã, Louise, ficam de mãos dadas como duas crianças. A vida de Jeanne continua, ela sai todo dia de manhã para trabalhar no ateliê, volta toda noite para encontrar seu Pierre, mas a dor apaga seu doce sorriso. Pierre faz de tudo para fazê-la espairecer. Ele a leva ao teatro, ao cinema, ao País Basco, mas ela segue inconsolável. Um dia, ele tem uma ideia. Sua ideia tem quatro patas, um corpo comprido e orelhas caídas. A conexão com Jeanne é imediata e recíproca. Ela decide chamá-la de Salsicha e sorri pela primeira vez em semanas.

As pernas de Jeanne fraquejaram. Seu coração disparou. Ela se deixou cair no sofá e releu a carta duas vezes. Não havia assinatura. No envelope, uma etiqueta impressa com seu nome e endereço, colada no papel.

O conteúdo do texto era de uma exatidão surpreendente – e preocupante. Quem o teria enviado? Todos os que tinham participado daquela história já não estavam mais em sua vida, de uma maneira ou de outra.

Ela ficou perturbada a ponto de precisar se deitar um instante. Nos poucos segundos de leitura daquela carta, o passado aflorara. Com um realismo perturbador, ela tinha visto Pierre entrando no apartamento com uma cachorrinha no colo. Ele demorara a voltar para casa, ela se preocupara. A morte dos pais a fragilizara: ela imaginava o desaparecimento de todos os que amava. Pierre não dissera uma palavra. Devia estar apreensivo com a reação dela. Ele se abaixara e colocara a cachorrinha no chão. Aquele corpinho em forma de salsicha, aquele rabinho agitado, o som das patinhas no assoalho e aquele focinho que cheirava tudo venceram suas parcas resistências. Pierre murmurara: "Um cliente queria se livrar dela. Pensei comigo mesmo que ela precisava de amor, e que você poderia lhe dar o que ainda tinha no coração". Foi um dos momentos mais felizes de sua vida.

5
THÉO

Criei uma conta no Tinder. Não sei o que me deu, eu sempre disse que nunca usaria um aplicativo de relacionamento. Não acredito muito no amor, mas é como Deus: espero que um dia provem que estou errado.

Eu estava no caixa, olhando para o teto e me perguntando por que estamos nesse mundo, por que vivemos se vamos morrer, por que não caí em outra família, se a luz da geladeira se apaga quando fechamos a porta, e me senti ainda mais sozinho que o normal – isso porque o normal já é o máximo possível.

Na padaria, Nathalie ouve a Rádio Nostalgia, que tem um nome perfeito, pois ficamos o dia todo ouvindo pessoas mortas cantando a vida. Essa tarde, acompanhamos um programa sobre sites de relacionamento e várias pessoas ligaram para a rádio contando que tinham encontrado o grande amor assim. Foi provavelmente por isso que, quando a solidão bateu à noite, criei uma conta.

Escolhi a única foto minha de que gosto, em que estou de costas e contemplo o pôr do sol. Foi Manon que a tirou, tínhamos acabado de chegar em Seignosse, saímos do ônibus e corremos até a praia. Foi a primeira vez que vi o mar.

Quando acabei de preencher todas as informações, fotografias de garotas começaram a passar. No início, achei divertido. Algumas aparecem rindo ou praticando algum esporte, outras sorriem timidamente, ou abusam dos filtros, ou posam com seus gatos, ou sempre estão com as amigas, ou bancam as melancólicas. Entro no jogo e aperto o coração verde de algumas, um pouco ao acaso. Às vezes caio na gargalhada, como com "Marie", que tem exatamente a mesma cara e a mesma expressão em todas as fotos; é assustador, parece que só muda o cenário e a roupa. Ou com "Jenny65", que está claramente podre de bêbada num sofá, com uma garrafa na boca, e parece estar numa propaganda da marca Bebuns & Sofás. Mas, no geral, até que gosto da coisa. Tenho a impressão de estar procurando o boné mais estiloso de uma loja de roupas. Talvez porque eu não seja bonito, e porque sei que a aparência não é tudo, talvez porque ainda esteja um pouco obcecado por Manon, não sei, mas me sinto desconfortável. Me sinto ainda mais sozinho ao pensar em todas essas meninas sozinhas do outro lado da tela. Decido fechar o aplicativo quando uma notificação aparece: tenho um match. Uma garota para quem dei um like também me deu um like.

Curioso, entro no perfil dela. Seu apelido é "Bella", ela tem 19 anos. Foto de pés descalços na areia. Uma mensagem me diz que podemos conversar. Meus pensamentos aceleram. Nunca fiz isso. A primeira frase não é importante se nunca mais nos falarmos, mas e se ela for a mulher da minha vida?

Ela é mais rápida do que eu:

"Oi, todo mundo me chama de Bella, mas você pode me chamar agora mesmo."

Hesito entre rir e fugir. Ela não me dá tempo de escolher:

"Desculpe, sou nova por aqui, vi essa frase no Twitter e achei engraçada. Agora percebi que é ridícula. Seu nome é Naruto mesmo ou é só um apelido?"

"É um personagem de mangá."

"Eu sei... Vou parar com as piadas."

Um sorriso espontâneo chega sem pedir autorização. Sou especialista em piadas sem graça, meu senso de humor é um cara estranho julgado de canto de olho. Coloco meu capuz e respondo:

"Meu nome é Théo."

6
IRIS

Chego à casa da senhora Beaulieu na hora certa. Abro a porta e aviso que cheguei com voz forte, como a supervisora me disse para fazer na manhã de formação.

– Bom dia, aqui é a Iris!

A voz da senhora Beaulieu me recebe da sala:

– É você, mocreia?

Ela está de bom humor.

Quatro manhãs por semana, passo duas horas na companhia dessa senhora que está perdendo a memória. Preparo o almoço, às vezes a levo para passear. Outra cuidadora me substitui à tarde, até a filha dela voltar para casa à noite. A senhora Beaulieu não nos diferencia, é prático: todas temos o mesmo apelido.

Em seguida vou para a casa do senhor Hamadi, que perdeu o movimento das pernas quando foi atropelado por um carro, depois à casa de Nadia, uma mulher pouco mais velha que eu e que sofre de esclerose múltipla.

– É um trabalho cansativo, não? – Nadia me pergunta enquanto passo um vestido.

– Não me queixo.

– Deve ser difícil, mesmo assim. Você faz isso há muito tempo?

Aperto o botão, o ferro cospe vapor, dissolvendo sua pergunta. Não sei mentir, nunca soube. Se eu disser a verdade, ela tentará saber mais. Seu filho de 10 anos está lendo, de barriga para baixo no sofá. Perfeita saída de emergência.

– O que está lendo?

– *O vermelho e o negro* – ele responde, sem levantar os olhos.

Entendo o sarcasmo e decido entrar no jogo:

– Quando acabar, aconselho Proust. Literatura de lazer, mas estará pronto para o dia em que ler *Tintim*.

Ele vira a cabeça e me encara. O que leio em seus olhos oscila entre a incredulidade e o desdém. Ele fecha o livro e sai da sala. Tenho tempo de ver a capa: ele estava de fato lendo Stendhal. Sua mãe dá de ombros:

– Ainda bem que o conheço desde que nasceu, caso contrário pensaria que foi trocado! Na idade dele eu lia *Os cinco*.

– Na idade dele, eu penteava minha Barbie para um encontro com o Ken.

Ela cai na gargalhada, depois se levanta com a ajuda de muletas e também sai da sala.

Ainda está quente quando saio da casa de Nadia. Ela mora no 17º arrondissement, tenho quase uma hora de caminhada pela frente até chegar ao apartamento que alugo. As calçadas estão cheias, é a hora em que as pessoas voltam para casa, algumas mais apressadas que outras. Dizem que dez milhões de pessoas vivem sozinhas na França. Observo as pessoas ao meu redor e me pergunto quais fazem parte desse grupo. Passadas grandes revelam pressa de voltar para a família? As que se arrastam tentam retardar o encontro consigo mesmas? Acabo de passar seis horas na companhia de pessoas solitárias. Que ironia. Paro na frente de uma faixa de pedestre e, quando o bonequinho fica verde, volto a me arrastar até meu destino.

7
JEANNE

Fazia três meses que Jeanne não entrava no segundo quarto. Era a primeira vez que ficava tanto tempo sem costurar. Ela abriu as cortinas e deixou o dia iluminar o cômodo. Era como voltar para um lugar familiar depois de uma longa ausência, ela se sentiu em casa e ao mesmo tempo distante. Observou a máquina, o overloque, o quadrado de viscose bege marcado com giz, passou o dedo pela caixa de costura de madeira herdada da mãe, acariciou as pilhas de tecido na prateleira, rolou uma bobina de linha na palma da mão. Aquele era seu cantinho, seu *bunker*. Se, alguns meses antes, alguém lhe perguntasse de que cômodo do apartamento ela nunca poderia abrir mão, ela teria respondido sem hesitar: o segundo quarto. No entanto, sua decisão estava tomada.

Ela vestiu o casaco impermeável e saiu.

No bolso, sentiu sob os dedos os quadradinhos de papel em que escrevera o anúncio. Ela caprichara, pois sua letra se tornara mais apertada e irregular, como que tempestuosa. Um dos efeitos da artrose, sem dúvida, que se manifestava mais ainda nos dias de chuva. Ela se queixava muito, antes. Era uma regressão, um impedimento, um sinal de declínio do corpo. Tinha começado com a visão, na véspera de seu aniversário de 45 anos. Certa manhã, ela acordou num mundo borrado depois de ter ido dormir com o rosto bem nítido do marido diante dos olhos. Jeanne ficara apavorada, só podia ser algo sério, a visão não se degradava tão rapidamente, mas o oftalmologista da emergência a tranquilizara: era comum, naquela idade, a perda de visão ser brusca. Jeanne vivera a necessidade de usar óculos como uma perda: seu corpo precisava de acessórios para fazer o que até então fizera sozinho. A partir de então, essa sensação só cresceria, com a substituição de vários dentes por implantes, o controle do colesterol e da pressão com medicamentos, uma prótese no quadril e o uso regular de órteses para aliviar a artrose. Dez anos antes, a descoberta de um tumor no seio direito transformara suas obsessões em simples contrariedades. Depois da cura, elas tinham voltado, lentamente, insidiosamente, até ocuparem o mesmo lugar de outrora. Por mais que tivesse prometido a si mesma que não se preocuparia, acolheu-as com alegria: elas eram o sinal de que tudo voltara aos trilhos, de que sua vida voltara ao normal. As coisas provavelmente continuariam assim por um tempo, mas, agora, Jeanne não pensava nem em sua artrose, nem em sua pressão. Seu espírito inteiro observava o vazio enorme deixado por Pierre. Cada pequena veia, cada mínima célula e cada milímetro de sua epiderme se mantinha em posição de sentido, em fileiras cerradas, para enfrentar os ataques da tristeza. Jeanne parecia feita de ausência.

O restaurante, que tinha Jeanne como uma das clientes mais fiéis, deixou que ela afixasse um anúncio perto do caixa. Na tabacaria, havia um quadro para isso, mas lhe disseram que pouquíssimas pessoas o consultavam. A mercearia a deixou colocar seu papel ao lado do balcão. A padaria não deixou que seu caixa ficasse atravancado. Jeanne nunca soube insistir, ela agradeceu, desejou um bom-dia a todos e saiu. Estava prestes a entrar no cabeleireiro quando sentiu uma mão em seu ombro.

8
THÉO

Nathalie me recebe calorosamente quando entro na padaria, às 7h03:

– De novo atrasado!

Não respondo. É ela quem vive atrasada para o bom humor. A única coisa mais desagradável que Nathalie é o abaixador de língua que o médico coloca no fundo da garganta. Se ela soubesse por que estou atrasado, não me encheria o saco por causa de três míseros minutos. Ontem à noite, quando cheguei em Montreuil, meu carro não estava mais lá. Obedeci aos policiais, estacionei em outra rua, mas não prestei atenção, ele ficou quase em cima de uma faixa de pedestre. Liguei para o pátio de recolhimento de veículos, me confirmaram que o carro estava lá e que eu precisava passar na delegacia, que me daria um papel para buscá-lo. Passei na delegacia, mas queriam que eu pagasse um monte de multas: por estacionar em lugar proibido, por falta de inspeção técnica, por falta de seguro, por pneus carecas; aparentemente sou um sósia do dono do Banco da França. Eu disse que ia buscar o cartão e caí fora. Dormi no metrô, uma hora ou duas, perdi o costume, e hoje de manhã passei no pátio para buscar minhas coisas. Expliquei ao funcionário que minha vida inteira estava lá dentro, ele não quis nem saber. Resultado: não tenho mais nada além do celular, da carteira e das roupas do corpo.

Visto o uniforme e vou até Philippe, de quem sou aprendiz, na câmara fria. Hoje, atacamos os mil-folhas. Philippe não é do tipo conversador, ele responde às pessoas com resmungos ou gestos, mas quando o assunto é confeitaria ele se anima e não para mais. Ele fala de bolos como se tivessem vida, uma vez até o surpreendi sussurrando algo para eles, e ele me explicou que um bolo feito com respeito e amor sempre fica melhor. Ele é um pouco doido, talvez seja por isso que eu goste dele.

Philippe sabe que o mil-folhas não é meu doce preferido, que erro sistematicamente o marmoreado, sou incapaz de traçar uma linha reta, como se estivesse bêbado. Por mais que eu me esforce, não consigo. Lembro do meu professor do terceiro ano primário, que dizia que eu era relaxado para escrever e me proibia de sair para o recreio para que eu ficasse treinando caligrafia. Eu consultava uma terapeuta psicomotora toda quarta-feira, Laëtitia; ela era legal, mas tive que parar quando me mudei. É verdade que minha letra é feia, nem eu consigo me entender às vezes, mas tudo bem, hoje é raro precisar escrever à mão. Até no centro de aprendizagem podemos usar o computador.

Philippe me observa enquanto faço o chocolate escorrer pelo glaceado, o silêncio é absoluto, estou mais concentrado que extrato de tomate.

– Ah, como as pessoas são chatas!

Nathalie acaba de entrar na cozinha. Nem Philippe nem eu perguntamos o que aconteceu, mas ela não precisa de incentivo. O motivo de sua irritação: uma senhora pediu para colocar um anúncio no balcão.

– Somos uma padaria ou um quadro de avisos? Sou paga para vender pão, não para dar informações aos turistas ou fazer propaganda. Se ela quer colocar um quarto para alugar, que procure uma imobiliária, caramba! Era só o que faltava…

Não espero o fim da diarreia verbal, deixo cair a bisnaga de confeitar e corro até a porta envidraçada. Uma senhora acaba de sair, consigo alcançá-la na calçada e coloco a mão em seu ombro.

9

IRIS

São quase quatro horas da tarde quando meu celular começa a vibrar. Ainda não botei o nariz na rua, como acontece todo sábado desde que moro aqui. Com exceção do trabalho e das visitas a apartamentos para alugar, minhas saídas se limitam à mercearia, à padaria e à lavanderia. Aninhada no sofá-cama, vejo um filme sobre um polvo e me pergunto em que momento minha vida se tornou menos excitante que a de um molusco. A chegada daquela mensagem é o ponto alto do meu dia, junto com a contagem do número de pedaços de morango no iogurte do meio-dia.

"Feliz aniversário, Iris! 33 anos e todos os dentes na boca!"

Minha mãe não se esforça: todas as mensagens de aniversário que me manda são um copia e cola das anteriores, somente a idade muda. Respondo com um "Muito obrigada, beijos", da mesma forma que à única outra mensagem que recebi hoje: da operadora. Mais ninguém tem meu número novo.

Enquanto o polvo está prestes a se tornar mãe, em minha cabeça as lembranças se sucedem. Há três anos, na noite de meus 30 anos, Jérémy foi me buscar na saída do trabalho. Fiquei surpresa, ele devia estar em viagem a Londres por dois dias. Estávamos juntos havia três meses, mas parecia que nos conhecíamos desde sempre. Já na primeira hora, sentimos como se nossas trajetórias tivessem se encontrado para se fundir. Ele colocou uma venda em meus olhos e me levou até o carro. Quando voltei a enxergar, estava na casa dele, na frente de todos os meus amigos e familiares, que gritavam "Surpresa!".

Meus pais, meu irmão, minha tia, meus primos, meus colegas e minhas amigas de sempre: Marie, Gaëlle e Mel. Todas as pessoas importantes para mim estavam ali, reunidas por ele. Meus amigos cantaram e dançaram, minha mãe me deu uma pulseira que tinha ganhado da mãe dela, e o olhar amoroso de Jérémy acompanhou cada um de meus movimentos. Eu nunca tinha recebido um presente tão lindo quanto aquele.

Uma nova vibração me arranca de meus pensamentos. Minhas bochechas estão molhadas, maldito polvo que morre ao dar à luz. Imagino que seja mais uma mensagem de minha mãe ou uma propaganda de um novo plano de telefonia, mas uma notificação me informa que o proprietário da quitinete me escreveu.

Eu nunca o vi. Pago o aluguel por semana via aplicativo, faço tudo on-line. Quando cheguei, as chaves estavam numa caixa de correspondência com um código. É raro nos comunicarmos, e sempre pelo aplicativo. Segundo sua ficha, ele se chama Gil.

"Oi preciso do apê, vc pagou até domingo pode sair na segunda bom dia."

Releio a mensagem várias vezes, perplexa. Eu tinha perguntado se o apartamento estaria disponível por médio prazo, ele respondeu que sim, e acrescentou que preferia não ter que preparar toda a papelada para novos locatários a cada semana. Me aprumo para responder, perco subitamente tudo o que tinha de molusco:

"Bom dia, Gil, que surpresa. Você tinha me dito que eu poderia ficar por um período. Estou procurando apartamento, mas ainda preciso de um pouco de tempo. Seria possível?"

Ele leva mais de uma hora para responder, durante a qual fico olhando para a tela e me perguntando se ele vai mudar de ideia ou se eu vou me ver na rua. Nova mensagem.

"Oi preciso do apê, vc pagou até domingo pode sair na segunda bom dia."

Mesma frase, ele talvez não tenha entendido. Não perco a esperança:

"Obrigado pela resposta, mas será possível esperar mais um pouco, por favor? Um mês, quem sabe? Posso pagar tudo adiantado."

Dessa vez, a reação não se faz esperar:

"Oi preciso do apê, vc pagou até domingo pode sair na segunda bom dia."

Insisto uma última vez, só por insistir:

"Poderia me deixar ficar mais uma ou duas semanas, enquanto procuro outro lugar? Preciso muito…"

Espero alguns minutos, três pontinhos me indicam que ele está escrevendo uma resposta.

"Oi preciso do apê, vc pagou até domingo pode sair na segunda bom dia."

Fico sem reação por um segundo, digerindo aquilo tudo: em dois dias, não terei onde morar. Depois, meus polegares, sem pedirem autorização a meu cérebro, escrevem uma resposta:

"Ok, Gil, tenha um bom dia, seu imbecil."

Fico prostrada por alguns minutos, com toda minha energia canalizada para o cérebro para tentar encontrar uma solução. Não tenho para onde ir. Não conheço ninguém em Paris, com exceção de Mel, e não quero que ela saiba que estou aqui. Voltar para casa está fora de cogitação. Penso de novo em meu aniversário de 30 anos. Eu nunca teria imaginado que um dia estaria sozinha e sem ter onde morar.

Levanto, visto o blusão, calço os tênis e desço as escadas. É meu aniversário e, mesmo sem vela, sinto uma grande necessidade de comer um bolo.

10

JEANNE

O jovem usava um jaleco preto de cozinheiro e uma touca na cabeça. Ele falava rápido, com um leve sotaque que Jeanne não conseguia identificar. Toulouse? Bayonne? Ela conhecia bem o sudoeste da França, onde tinha passado várias temporadas de férias com Pierre. O País Basco era seu preferido, com suas montanhas verdejantes, sua costa majestosa e seu queijo inigualável. Jeanne levantou a mão:

– Fale mais devagar, meu jovem, não estou entendendo nada.

– Ouvi dizer que a senhora tem um quarto para alugar, estou procurando um, quanto é?

Jeanne não antecipara aquela situação. Ela escrevera os anúncios sem ter uma ideia real do aluguel que cobraria, convencida de que encontrar um locatário seria um processo demorado, se é que possível. Aquilo inclusive a tranquilizara. Ela pensou por alguns segundos e concluiu que a quantia que lhe faltava a cada mês era adequada:

– Duzentos euros.

– Fechado!

Jeanne olhou detidamente para o rosto do jovem rapaz. Ele tinha um olhar doce, que contrastava com suas sobrancelhas constantemente franzidas. Ele lhe inspirava confiança. Pierre, porém, sempre a repreendia por sua credulidade. Na última vez que abrira a porta para alguém, ela se vira com uma enciclopédia em dez volumes debaixo do braço.

A porta da padaria se abriu, tocando uma sineta. Uma mulher morena saiu com uma caixinha na mão. Ela deu alguns passos e parou para procurar algo na bolsa.

– Quantos anos você tem, meu jovem? – quis saber Jeanne.

– Dezoito.

– Trabalha aqui?

– Sim, sou aprendiz de padeiro.

– Preciso de garantias. Consegue me passar seus três últimos contracheques e uma recomendação de seu atual senhorio?

Ele hesitou antes de assentir. Jeanne tirou o anúncio do bolso e o estendeu a ele:

– Meu número está aqui, telefone quando tiver os documentos.

O jovem agradeceu, pareceu que ia se virar, mas fixou os olhos nos de Jeanne:

– Senhora, estou realmente precisando de um apartamento. Não sei nem onde a senhora mora, mas estou disposto a atravessar Paris todos os dias para vir trabalhar. Não posso pagar um aluguel inteiro, mas um quarto seria perfeito. Não ganho muito, mas sou muito esforçado. Por favor, me dê uma chance.

– Desculpe interromper, mas a senhora está alugando um quarto?

Jeanne e o jovem se viram para a voz que fizera a pergunta. A mulher morena que tinha acabado de sair da padaria encarava Jeanne sorrindo. Ela usava uma jaqueta jeans e tinha os cabelos cortados logo abaixo do queixo; um pouco de maquiagem escorria levemente sob seus olhos verdes.

– Exatamente – respondeu Jeanne. – Tenho um quarto livre em meu apartamento e estou procurando alguém para ocupá-lo.

– E esse alguém sou eu! – acrescentou o jovem rapidamente.

– Ainda não é certo – Jeanne avisou.

– Em que bairro fica? – perguntou a mulher.

Jeanne levantou a cabeça e apontou para uma janela no terceiro andar de um prédio a cinquenta metros de distância.

– Oh! – os dois jovens exclamaram.

– Senhora, também estou interessada – continuou a mulher. – Realmente interessada. Preciso de um lugar para morar, o mais rápido possível. Tenho um salário decente, sou discreta e confiável. A senhora não se arrependerá.

Jeanne hesitou. O rosto do rapaz se fechou, enquanto o da mulher se mostrava esperançoso. Dividida entre seu senso de justiça e sua empatia, ela lhe estendeu um anúncio e a convidou a telefonar assim que reunisse os três últimos contracheques e uma recomendação do atual proprietário.

– Estudarei os documentos dos dois – ela garantiu.

– Cheguei primeiro, que sacanagem – desabafou o rapaz.

A jovem mulher balançou a cabeça:

– Sinto muito, estou realmente precisando.

– Tudo bem. Estou acostumado a ser passado para trás.

Ele deu meia-volta e entrou na padaria. A jovem se desculpou de novo e se afastou. Jeanne voltou ao restaurante, à tabacaria e à mercearia, e retirou os anúncios.

11

THÉO

Que raiva. Eu estava disposto a escrever uma falsa recomendação de um senhorio imaginário, tenho certeza de que ela teria alugado o quarto para mim se aquela idiota não tivesse aparecido. Não tenho nenhuma chance ao lado de um salário de verdade. Eu vi como a velhinha me olhava, parecia confiar em mim, eu poderia viver bem na casa dela. Além disso, fica ao lado do trabalho. Bom demais para ser verdade, é sempre assim. Seja como for, fiquei irritado e fui grosseiro, então sem chance. Já me disseram várias vezes que me irrito rápido demais, cheguei a consultar um monte de psicólogos por causa disso. Um disse que eu era hiperativo, todos os outros concluíram que era por causa da "situação". Eles me faziam rir quando diziam "a situação", em vez de usar as palavras certas, como se elas fossem me prejudicar ainda mais que os fatos.

Eu devia ter 6 ou 7 anos quando fui ao primeiro psicólogo, o doutor Leroux, que me fazia desenhar enquanto ele ficava no celular. Depois, fui ao doutor Volant, que era legal e parecia realmente querer me ajudar, mas eu não queria falar. Lembro também do doutor Benjelloun, o homem mais deprimente do universo. Ele ficava a sessão inteira repetindo que o mundo estava mal, que a humanidade estava perdida, que a vida era inútil porque todos morreríamos. Eu saía de lá com o otimismo de uma canção de Adele. Na adolescência, passei com o doutor Merny por alguns anos. Ele fumava durante as consultas e nunca penteava o cabelo. Ele me fazia rir, embora eu nunca soubesse com que humor o encontraria: às vezes ele estava sorridente, outras, emburrado. Um dia, entrei no consultório e ele estava com os pés em cima da mesa.

– Sabe por que estou sentado assim? – ele me perguntou.

– Não.

– Porque estou com um furúnculo no traseiro.

Certa vez, telefonei para cancelar uma sessão, de última hora. Eu estava resfriado, quase afônico, mas ele ficou irritado. Disse que não estava à minha disposição e que eu só voltasse quando estivesse disposto a honrar meus compromissos, então não sei o que me deu, comecei a gritar, mas a única coisa que saiu de minha boca foi um guincho ridículo. Eu disse que estava cansado de ser tratado daquele jeito, que eu não era um merda, que ele precisava me respeitar, então ele me explicou com toda calma que eu poderia voltar quando não estivesse com voz de brinquedo de cachorro. Ele acabou se aposentando, do contrário talvez eu tivesse continuado a vê-lo. O último que me obrigaram a consultar foi o doutor Fabre, ele vinha me buscar na sala de espera, sentava na poltrona, fixava um olho em mim, fechava o outro e não se mexia até o fim da sessão. Nem um milímetro. Eu sempre preparava o que dizer, senão ficávamos em silêncio total. Às vezes eu fazia uma careta, mostrava o dedo do meio, mas ele parecia empalhado. Só voltava à vida quando a sessão terminava. Nunca paguei tão caro para ver alguém dormir.

Meu celular vibra no bolso do jeans. Vou para o banheiro, Philippe não gosta que eu use o aparelho durante o trabalho. É Bella. Trocamos números depois da primeira conversa e eu apaguei o Tinder. Ela quis trocar fotografias, mas preferi deixar para depois. Ela me enviou uma mesmo assim, eu não estava esperando. Ela é realmente linda, tem os cabelos compridos e um corpo escultural. Quando olhar para mim, vai dar no pé.

"Oi, bebê, saudade de você. Estou na aula de inglês, o professor é muito *boring*."

Sempre que leio uma mensagem dela, sinto um negócio na barriga. Faz algum tempo que penso nela várias vezes por dia. Prometi para mim mesmo que não vou me apaixonar, dói demais depois que acaba. Mas preciso dizer a ela que não gosto de ser chamado de bebê. Minha mãe me chamava assim. Respondo com uma mensagem meio próxima, meio distante e, ao guardar o celular no bolso, sinto o papel do anúncio do quarto, dobrado bem no fundo. Preciso ser rápido, antes que Philippe venha me buscar e eu perca a coragem.

"Senhora, sinto muito por ter sido grosseiro há pouco. Ao contrário do que parece, sou um bom rapaz. Prometo pagar pontualmente todos os meses e não incomodar. Ouço música com fones de ouvido e fumo na rua. Posso preparar doces para a senhora, sou bastante talentoso. Em contrapartida, não sei mentir: não tenho como conseguir uma carta de meu senhorio atual, porque meu senhorio atual é o metrô. Atenciosamente, Théo Rouvier."

12

IRIS

Minha vida inteira cabe numa mala. Ganhei-a de Jérémy, numa noite de sexta-feira de dezembro. Foi pouco depois do meu aniversário, tínhamos acabado de descobrir a doença de meu pai e estávamos todos em estado de choque. Jérémy veio me buscar na saída do trabalho. Eu só queria fazer uma coisa: deitar no sofá com um pacote de salgadinhos e ver uma série que só mobilizasse a camada superficial de meu cérebro, mas quando o vi perdi qualquer vestígio de cansaço. Ele morava em La Rochelle, eu em Bordeaux, nós nos víamos sempre que podíamos, no resto do tempo ficávamos com saudade um do outro. Ele não me levou até minha casa, pegou a via expressa e não respondeu às minhas inúmeras tentativas de saber aonde íamos. Antes dele, eu tinha vivido uma longa história com um cara que, em matéria de surpresas, era como um Kinder Ovo, então me deixei levar com prazer.

– Mas não tenho nada comigo! – protestei, chegando ao aeroporto.

Ele tirou uma mala verde do porta-malas, comprada para a ocasião:

– Está cheia, não falta nada.

O tempo parou no fim de semana que passamos em Veneza, como um parêntese encantado. Por dois dias, esqueci os corredores do hospital e o olhar de meu pai. Caminhamos, comemos, transamos, comemos, tiramos fotos, comemos, passeamos, comemos, rimos, comemos, transamos, comemos, conversamos, comemos.

Durante o voo de volta, enquanto eu apertava a mão dele, Jérémy me entregou uma caixinha. Dentro, uma chave.

– Quero que venha morar comigo – murmurou.

Senti meu coração parar. Eu já o amava tanto.

Saí de Bordeaux seis meses depois. Fiquei perto de meu pai até o fim.

Paro no terceiro andar para recuperar o fôlego. O elevador do prédio de Nadia está estragado, bem no dia em que estou carregando uma mala mais pesada que eu. Meu objetivo é chegar ao oitavo andar antes de ficar com o peitoral do Vin Diesel.

No quarto andar, sou ultrapassada por um senhor com o dobro da minha idade, que pula de degrau a degrau como o Super Mario e me cumprimenta sem nenhum arquejo.

No quinto andar, quase deixo a mala para trás.

No sexto andar, meus pulmões estão prestes a explodir.

No sétimo andar, começo a rezar. Pulmões nossos que estais no céu, perdoai meus cigarros assim como nós perdoamos os que não foram tragados, não nos deixei cair em tentação, mas livrai-nos do Mal-boro. Amém.

No oitavo andar, quando abro a porta do apartamento de Nadia, pareço um pneu furado, mas tenho o sorriso de quem chegou ao topo do Kilimanjaro.

Ela está na cozinha, preparando um tagine. O cheiro do molho de ameixas secas e amêndoas me lembra imediatamente de minha amiga Gaëlle, que adorava fazer esse prato. Afasto essa imagem antes que a nostalgia me derrube.

– Veio morar comigo? – pergunta Nadia, olhando para minha mala.

– Sim, não avisei?

Ela ri e se senta na cadeira de rodas.

– Está sendo um dia difícil – ela me informa. – Minhas pernas só aceitam me sustentar por alguns minutos.

– Vai passar.

Percebo o vazio de minhas palavras assim que elas saem de minha boca. Esse é o problema das frases de consolo, elas só servem para ocultar nossa impotência. Nunca ouvi a expressão "é a vida" mais do que na época em que fui confrontada com a morte.

– Falando sério – insiste Nadia –, por que está carregando uma mala?

Meu sangue sobe até o rosto e começo a rir, como sempre acontece quando minto. Enquanto fujo para o armário dos produtos de limpeza, dou a resposta que preparei com cuidado, como se recitasse uma poesia na frente do terceiro ano primário. Roupas que preciso devolver a uma amiga que vou visitar depois do trabalho.

Eu gostaria que fosse verdade. Quando desço os oito andares, depois de duas horas na casa de Nadia, não tenho a menor ideia de onde dormir.

No quarto andar, paro para consultar minhas mensagens no aplicativo de aluguel. Enviei uma dezena de pedidos a anúncios, ninguém me respondeu.

No terceiro andar, paro para procurar outros apartamentos e enviar novos pedidos. Super Mario desce as escadas correndo.

No segundo andar, consulto o preço de hotéis, vejo meu extrato bancário e me dou um andar para tomar uma decisão.

No primeiro andar, encontro um hotel com preço aceitável, mas as avaliações dos clientes relatam falta de higiene e de conforto. "A única estrela que se pode encontrar aqui é uma estrela do mar", afirma um deles. Em minha situação, não posso me fazer de difícil. Reservo um quarto.

No térreo, envio um SMS.

"Bom dia, senhora, gostaria de confirmar meu interesse pelo quarto para alugar. Se eu não estivesse numa situação muito delicada, nunca teria interrompido sua conversa com aquele rapaz, que também parece estar precisando muito de um teto. Se a senhora ainda não tomou uma decisão, entenderei se optar por ele. Atenciosamente, Iris."

OUTUBRO

13

JEANNE

Jeanne chegou ao cemitério na mesma hora de sempre. Era um compromisso para o qual ela não gostava de se atrasar. De manhã, passara na cabeleireira para aparar as pontas. Ela tinha cabelos compridos que, para sair, prendia em coque. A cada estação, na lua crescente, cortava alguns centímetros, a fim de mantê-los vigorosos.

Mireille, que cortava seus cabelos havia mais de vinte anos, lhe perguntara como Pierre estava, pois fazia tempo que não o via. Como acontecia sempre que aquela pergunta lhe dilacerava o peito, Jeanne não conseguiu dizer que ele estava morto. "Eu o perdi", ela conseguira articular, porque era exatamente o que sentia.

O banco perto do túmulo de Pierre estava ocupado. Uma mulher estava sentada nele, com as costas eretas, o olhar no vazio. Jeanne não recebeu resposta a seu cumprimento, mas não se importou: Pierre a esperava. Ela colocou a mão sobre a fotografia, acariciou-a e se aproximou para murmurar:

— Procuro você em toda parte, meu amor. Na cama desfeita, no vapor da ducha, no espelho, na cortina ao vento, procuro você no olhar de Boudine, no som de passos na escada, em suas camisas nos cabides. Procuro você em minhas lembranças, num programa de televisão, numa música, numa voz que ecoa, procuro você no sopro do vento, no barulho do trovão, no calor do sol. Procuro você no vidro de perfume, na pasta de dente, na lista de compras inacabada, na caixa postal do seu celular, no vídeo de nossas últimas férias, nas fotografias que nunca organizei. Procuro você nas esquinas, nas faixas de pedestres e nos parques, na sombra das árvores, no terraço dos cafés, na fila da mercearia, procuro você quando o telefone toca, quando alguém bate à porta, quando abro a caixa de correio. Procuro você à meia-noite e três, às 7h34, ao meio-dia, às 19h17, às 21h06. Procuro você nas minhas costas, no meu pescoço, na palma das mãos, na minha barriga. Procuro você em toda parte e não o encontro. Perdi você, meu amor.

Jeanne enxugou o rosto e se virou para o banco. A mulher tinha desaparecido. Ela tirou as folhas mortas das plantas, regou as que precisavam de água, limpou a lápide e se sentou.

– Prometi que encontraria uma solução para o apartamento. Cumpri com minha palavra. Não sei se você aprovaria a ideia, mas pensei muito e não tenho escolha. Coloquei o segundo quarto para alugar. Parei de costurar, não tenho mais vontade. Guardei tudo no porão, e Victor me ajudou a instalar uma cama e uma cômoda. A locatária se chama Iris, ela é cuidadora e me parece séria. Ela chega hoje à noite.

Jeanne se calou por um instante, com os olhos fixos na fotografia do marido. Ele não respondeu, ela continuou:

– Não estou totalmente tranquila com isso, você foi a única pessoa com quem vivi. Victor me disse que vai ser bom, que vou me sentir menos só. Não me sinto só, me sinto sem você.

Ela parou de novo de falar, dessa vez para conter as lágrimas que ameaçavam jorrar. Guardou o resto de suas considerações para si mesma e começou a contar as fofocas que ouvira de Mireille. Pierre era tão curioso quanto ela. Aquele se tornara um ritual, ele nunca voltava do cabeleireiro – que frequentava mais do que Jeanne – sem uma atualização dos mexericos do bairro. O novo namorado da senhora Minot, o escândalo do senhor Schmidt e as últimas travessuras dos filhos do casal Liron os faziam rir como duas crianças.

O céu tinha escurecido quando Jeanne deixou o marido, prometendo voltar no dia seguinte. Ela enrolou o lenço no pescoço, pegou a coleira de Boudine e se dirigiu para a saída, com os ombros mais caídos que o normal. Ela se sentia pesada, culpada por não ter lhe dito toda a verdade.

Uma nova carta a esperava na caixa de correio. Ela subiu com pressa ao apartamento e abriu o envelope antes mesmo de tirar o casaco impermeável.

Primavera de 1993

Depois de ver Ghost no cinema, Jeanne foi ao cabeleireiro para pedir um corte como o de Demi Moore. Ela hesitou durante várias semanas, até finalmente decidir que o queria, dizendo para si mesma que os cabelos voltariam a crescer. Ela não contou a Pierre, queria fazer uma surpresa. Ele sempre a viu de cabelos compridos. Jeanne raramente vai ao salão, não tem nenhum cabeleireiro de sua preferência. Ela escolhe um ao acaso e é atendida por uma cabeleireira que afirma que o corte Demi Moore está muito na moda e que está acostumada a fazê-lo. No caminho de volta, Jeanne se sente bem. Leve. Ela se sente Demi Moore. Pierre está em casa quando ela chega. Ela se sente uma adolescente, dividida entre a impaciência e a apreensão das primeiras vezes. Ele fica surpreso. Ele a encara, pede para ela dar uma voltinha, acende a luz para enxergar melhor. Ele acaba dizendo que ela está sublime, que o corte destaca sua mandíbula desenhada e seu nariz reto. "Sabe em quem me faz pensar?", ele pergunta. Ela exulta. Ela sabe que ele vai compará-la a Demi Moore, não tem a menor dúvida, mas entra na brincadeira e faz que não com a cabeça. Ele esboça um sorriso comovido, o sorriso de quem vai fazer um elogio maravilhoso, e responde: "Em Liza Minnelli".

Jeanne tinha se esquecido daquela anedota. Ela se surpreendeu rindo e revivendo aquela época, até perceber que devia se sentar. Suas pernas ameaçavam fraquejar. A emoção era tão intensa quanto na primeira carta, talvez até maior. Ela esperara a segunda carta tanto quanto a temera. Não havia nenhum indício de quem a enviara, mas, no momento, aquilo não era o mais importante. Por alguns segundos, Jeanne mergulhara num mundo que não existia mais.

14

THÉO

Não consigo acreditar. Quando a velhinha me ligou para dizer que estava tudo certo, que eu podia ficar com o quarto, pensei que ela tivesse digitado o número errado. Na última vez que tive sorte, foi num bingo organizado pela associação de caçadores, há dois ou três anos. Manon, Ahmed, Gérard (que não tem idade para ter esse nome) e eu estávamos sem fazer nada, passamos na frente do salão paroquial, vimos todas aquelas pessoas olhando para cartelas com números como se procurassem o Wally, ficamos com vontade de fazer o mesmo. Compramos uma única cartela para nós quatro, pelo preço de um rim. Era o último sorteio, o maior lote. Só nos faltava um número para completar a cartela: o 63. Ao nosso lado, uma mulher que esquecera as sobrancelhas em casa esperava o 31. Ela tinha umas quinze cartelas, e até fichas com ímãs, que movia com um bastão magnético. Nós usávamos feijões, mas isso não nos impediu de ganhar. Quando o 63 saiu, pulamos de alegria como se tivéssemos vencido a final da Copa do Mundo, corremos como loucos, abraçamos todo mundo, mas logo nos acalmamos quando descobrimos o que tínhamos ganhado. A cara dos outros quando chegamos com um porco vivo! Ainda choro de rir quando lembro. Ele se tornou nossa mascote, escolhemos o nome Baconzito. Às vezes penso nele, quando visito minhas memórias, mas evito fazer isso porque minha mãe sempre dizia que chorar é para os fracos.

Aperto o botão do interfone, a porta se abre. Passo por caixas de correio e por um pequeno pátio com plantas e algumas lixeiras. Não sei direito aonde ir, um sujeito coloca a cabeça para fora de uma janela no térreo e me pergunta se pode ajudar. Não sei nem o nome da senhorinha.

— Estou procurando o apartamento de uma senhora de coque.

Ele fecha a janela e, alguns segundos depois, sai por uma porta vermelha com um gato no colo. Ele é muito rápido, parece ter se teletransportado. Ele se apresenta como Victor Giuliano, zelador do prédio. Parece a par de minha chegada.

— A senhora Perrin mora no terceiro andar, a escada é por aqui.

Ele me mostra o caminho, eu agradeço e começo a andar, mas ele me segura pelo braço.

— É uma senhora muito querida.

— Ok.

Ele não me solta:

— Cuidado para não lhe fazer nenhum mal.

— Ah! Quer dizer que não posso sufocá-la durante o sono e comer seu cérebro? Que pena.

Victor solta meu braço e dá um passo para trás. Sinto-me obrigado a dizer que estou brincando, que nunca gostei de cérebro, ele ri e diz que tinha entendido. Finjo acreditar, embora ele tenha o olhar de um peru diante de um açougueiro na véspera de Natal.

A senhorinha abre a porta quando chego ao terceiro andar. Ela pede que eu espere no corredor e coloca dois grandes retângulos de tecido à frente de meus pés:

— Agora pode entrar.

Passo por cima dos retângulos e me vejo num pequeno hall. Ela me impede de seguir em frente:

— Coloque as sapatilhas descartáveis, por favor.

— As o quê?

Ela aponta para os dois pedaços de tecido e me explica que são protetores de sapato, para proteger o assoalho.

– Ou você fica de sapato e desliza sobre eles, ou tira os sapatos. É o assoalho original, cuido muito bem dele, mas está se degradando. Não trouxe nada?

Faço que não com a cabeça e coloco os pés sobre aqueles negócios, depois a sigo até meu novo quarto, deslizando um pé depois do outro. Pode me chamar de Théo Candeloro, o patinador.

O quarto é pequeno e não muito iluminado, mas dá para o gasto. Ele tem uma cama de solteiro, uma cômoda, uma escrivaninha e um tapete branco, aparentemente feito de barba de Papai Noel. Patino até a janela, que dá para o pátio.

– Fique à vontade para se instalar – ela diz, fechando a porta. – Depois mostro o resto do apartamento.

Enfim só. Tiro os tênis e me deixo cair na cama. Não consigo conter um sorriso, devo estar com uma cara de idiota, mas, se não hoje, não sei quando eu poderia sorrir. Tenho um lar. Tenho um lar. Não consigo acreditar. Se eu tivesse mais espaço, daria um duplo twist carpado. Eu tinha certeza de que a garota da padaria roubaria meu lugar. Ela deve estar chateada, mas é a vida. Ela tentou me passar para trás, não teve piedade de mim, eu que não vou ter dela.

Pego o celular para contar ao pessoal, mas na última hora mudo de ideia. Não dou sinal de vida desde que fui embora, não vou me exibir para os que ficaram. Prefiro enviar uma mensagem para Bella, não tenho notícias dela desde ontem. Em geral nos escrevemos o tempo todo, assim que podemos. À noite, pode durar horas, quando ela não tem nada para fazer. Ela cuida do pai doente, estuda história da arte e trabalha de garçonete. Temos um monte de coisa em comum. Ela me contou coisas que nunca contou para ninguém, então comecei a compartilhar meus segredos também. Tenho a impressão de que ela realmente entende. Ontem, mandei uma foto minha. Ela insistia há algum tempo. Fiquei nervoso quando enviei a mensagem, temi que ela me achasse feio. Mas ela me disse "amo você". Senti uma coisa estranha no coração. Não ouvi isso muitas vezes na vida. Eu não sabia que era possível se apegar a uma pessoa sem nunca tê-la visto.

"Oi, Bella, tudo bem? Adivinhe de onde estou escrevendo <3"

Assim que envio a mensagem, ouço uma campainha. Alguns minutos depois, duas vozes. Abro a porta e boto a cabeça para fora, uma mulher está colocando os pés sobre os patins. Quando ela ergue os olhos, eu a reconheço: a garota da padaria, com uma mala verde.

15

IRIS

Eu não usava patins de apartamento desde a infância. Minha avó nos fazia usá-los depois que limpava o chão. Meu primo e eu brincávamos de quem escorregava mais longe. Ele tinha dois anos a mais do que eu e muito mais autoconfiança. Meu espírito competitivo começava a surgir, eu fazia de tudo para que ele não ganhasse. Tanto que acabei de cara na parede, me vi com o lábio aberto e fita adesiva para colá-lo de volta, e fui proibida de ver televisão por causa do sangue no assoalho recém-encerado.

Assim que levanto a cabeça, meu olhar encontra o do rapaz da padaria. Sorrio para ele, ele fecha a porta.

– Decidi aceitar os dois, eu tinha dois quartos vazios. Venha, vou lhe mostrar o seu. A propósito, meu nome é Jeanne.

Sigo-a até o fim do corredor. O quarto não é muito grande, mas tem tudo, até um edredom macio sob o qual já sinto vontade de me aninhar. Jeanne me deixa sozinha e me convida a sair em dez minutos, para conversarmos sobre as regras de convívio. Levo apenas dois para esvaziar minha mala. Ela contém minha pressa de ir embora, roupas suficientes para alguns dias. Na época, tudo estava enevoado demais para eu conseguir pensar direito. Sonho com uma ducha quente; no hotel em que passei cinco noites corria um fio de água morna. Observo as cortinas brancas, visivelmente feitas à mão, o papel de parede tem um motivo de nuvens, e me pergunto se algum dia conseguirei me sentir realmente em casa. É a primeira vez, desde que deixei La Rochelle, que realmente paro. Adotei a técnica do "um passo de cada vez": avanço às cegas, sem saber como será o amanhã. Ter um lugar para chamar de meu é tranquilizante, ainda que, ao que tudo indica, precisarei deixá-lo a médio prazo.

Quando abro a porta do que parece ser a sala, sou violentamente atacada por um animal feroz. Corro até o primeiro refúgio que encontro e me vejo de pé num sofá de veludo verde, sob o olhar confuso de Jeanne e do garoto.

– Não tenha medo, Boudine só quer conhecê-la.

– Eu não sabia que a senhora tinha uma fera.

O rapaz solta uma risadinha:

– Nunca vi um pitbull tão assustador.

– Boudine não é um pitbull! – exclama Jeanne, pegando a cachorra no colo. – Ela é um dachshund anão. Venha, querida, não ligue para o que estão dizendo.

Tenho fobia de cachorros desde o dia em que o cachorro caramelo da vizinha de meus pais invadiu nosso jardim e confundiu minha panturrilha com um frango assado – eu devia ter uns 7 anos. Tentei me livrar dele, balancei a perna que nem doida, mas nada, o cachorro parecia uma bandeira tremulando, mas não soltava a presa. Gritei, meu pai chegou e conseguiu soltar o agressor. Acabei com alguns pontos na perna e pânico de cães de qualquer tipo. Fiz terapia quando Jérémy me disse que queria adotar um labrador, mas não adiantou. Era uma decepção da qual ele com frequência me lembrava.

Com as pernas frouxas, volto para o chão e sento com meus novos colocatários em torno de uma mesinha de madeira. O jovem aponta para o sofá:

– Você perdeu algo.

Olho para o assento, nada. Levanto, aproximo o rosto do estofado, passo a mão nas almofadas, nada.

– Não vejo nada. O que foi que perdi?

– Sua dignidade – ele responde, muito sério.

Começamos bem.

16
JEANNE

Depois da morte de Pierre, Jeanne se acostumara a dormir cedo. Ela tentara manter, o máximo possível, seu cotidiano intacto, mas alguns hábitos não faziam mais sentido. Com ele, ela via filmes até o fim, depois eles conversavam, trocavam impressões e, às vezes, comovidos por alguma cena familiar, se lembravam de algo juntos. Ela já não via filmes até o fim. Não conseguia ser fisgada por uma tela ou por um livro. Sua mente se mantinha na superfície, flutuava em outra realidade, em que Pierre era o protagonista.

Naquela noite, com a chegada dos locatários, Jeanne deitara ainda mais cedo que de costume. Ela não conseguira se livrar de uma estranha impressão, esperava que ela se dissipasse com o sono. Fazia semanas ela buscava o sono como um refúgio. Quando ele não chegava naturalmente, ela o convocava com a ajuda dos soníferos que o médico lhe prescrevera. Era a única maneira que encontrara de calar sua ruidosa tristeza, de colocá-la entre parênteses e recuperar o fôlego para enfrentar o próximo choque de realidade.

Já não se sentia em casa. Pensara nisso a noite toda. Havia desconhecidos em sua mesa – por mais encantadores que eles fossem. Seu apartamento, e portanto tudo o que ele representava, fora desnaturado. Ela tomara a decisão às pressas, movida por um temor de não poder honrar seus encargos financeiros, e não medira as consequências. Acontecera antes mesmo que ela tivesse tido tempo de pensar que aquilo poderia de fato se concretizar. Aquelas pessoas beberiam nos mesmos copos que Pierre, repousariam a cabeça nas mesmas fronhas, as mãos nas mesmas maçanetas. A jovem até já ficara de pé no sofá, no mesmo lugar onde ele se sentava.

Jeanne estendeu o braço para acariciar Boudine, que ocupava o lugar de Pierre na cama. O rabo da cachorra abanou. Jeanne não podia voltar atrás. Eles tinham preenchido um contrato. O rapaz agradecera mais de dez vezes e ela vira Iris conter as lágrimas na hora de assinar o documento. Depois eles tinham elaborado um regulamento, para um convívio em bons termos. Foi a primeira vez para os três, cada um fizera suas sugestões e eles fizeram uma votação. Ficara decidido que visitantes não eram bem-vindos, que a faxina seguiria um calendário a ser estabelecido, que as coisas utilizadas seriam guardadas e limpas por cada usuário, que o barulho estava proscrito, que os quartos eram lugares privados em que nenhum outro ocupante tinha o direito de entrar, que uma prateleira seria atribuída a cada um na geladeira e no armário, que as refeições não seriam feitas em comum, que o aluguel seria pago sempre no dia 5, e que o sono de todos deveria ser respeitado. As regras evoluiriam ao longo do tempo, mas as bases estavam estabelecidas.

Ao fim da reunião, Jeanne sugeriu que eles jantassem juntos. Théo recusou o convite, dizendo que tinha comido um sanduíche ao sair da padaria. Iris aceitou e elas dividiram a sopa de abóbora e a quiche que Jeanne tinha feito, pois ela imaginara que eles não teriam tempo de fazer compras. Elas conversaram algumas banalidades, depois a jovem tirou a mesa e voltou para seu quarto, não sem antes pedir um favor a Jeanne.

— Eu gostaria que meu nome não fosse colocado no interfone.

Surpresa, Jeanne concordou. Ela acabou mergulhando num sono sem sonhos. Às três horas da manhã, acordada por um barulho, ela se levantou, colocou as pantufas e o roupão, e abriu levemente a porta que dava para o corredor. O barulho se intensificou. Jeanne se aproximou, tentando evitar as tábuas soltas, e colou o ouvido à porta do terceiro quarto. O som era muito claro e não deixava nenhuma dúvida: Iris estava chorando.

17
THÉO

Cheguei adiantado no trabalho, Nathalie arregalou tanto os olhos que consegui ver seu cérebro. Levei exatos quatro minutos de casa até ali.

De casa. Fazia tempo que eu não dizia isso. A primeira vez que fui parar num abrigo, eu tinha 5 anos. Não lembro de muita coisa, a não ser de apertar tanto os punhos que acabei machucando as palmas das mãos com as unhas, e dos gritos de minha mãe quando me levaram. Lembro também do pontapé de Jason, um garoto mais velho, que não gostou que eu não respondesse a seu bom-dia. E de minha mochilinha com cabeça de coala.

Ontem, assinei meu primeiro contrato de locação. Me senti um adulto. Um dia, terei um apartamento só meu. Não tenho muitos sonhos, eles sujam tudo quando se desfazem. Mas nesse aqui realmente acredito. Quero girar a chave de *minha* fechadura, abrir a *minha* geladeira, deitar no *meu* sofá, ouvir *minha* música e aproveitar *minha* vida. Quando eu tiver o Certificado de Aptidão Profissional, quero trabalhar para um grande restaurante ou para um salão de chá. Um lugar onde as pessoas comam, para ver o rosto delas provando meus doces. É o que mais gosto quando cozinho para outra pessoa. O momento em que ela fica feliz.

Vou com Philippe à câmara fria. Ele não está sozinho. Sou apresentado a Leila, que vai ajudar Nathalie no balcão. Eu não sabia de nada, mas aqui a comunicação é assim, eles não se preocupam muito com ela, é só uma palavra que rima com não. Philippe me envia para as *verrines* e fica conversando com a novata. Meu celular não para de vibrar. Vou para o banheiro. É Bella.

"Théo, preciso de você."

"Théo pfv é urgente!"

"Estou na merda!!!"

Fico tão preocupado que ligo para ela na mesma hora. É a primeira vez que vou ouvir sua voz. O telefone está chamando, mas recebo uma nova mensagem:

"Não posso atender, estou no hospital."

Desligo e pergunto o que aconteceu.

"Ele teve uma crise, está em coma. Estou com medo…"

Bella me fala do pai com frequência. Sua mãe morreu há dois anos, ele é a única pessoa que ela tem. Ela me disse várias vezes que não se recuperaria se o perdesse.

"Preciso de você Théo."

"Quer que eu vá ao hospital?"

Alguém bate à porta. Sei que é Philippe. Eu deveria sair, mas Bella responde:

"Não, agora não. Roubaram meu cartão e preciso pagar uma caução de duzentos euros para operar meu pai. Poderia me enviar um cartão pré-pago?"

Minha barriga se contorce. Pergunto o que é um cartão pré-pago, mas já sei a resposta.

"É só passar numa banca de revistas e pedir um cartão pré-pago de duzentos euros. Você vai receber um código, que é só me passar."

"Ok, Bella. Vou fazer isso agora mesmo."

Philippe bate à porta com mais força. Levo vários minutos para parar de tremer. Não sei como me deixei enganar. Ouvi um monte de histórias sobre golpes em sites de relacionamento. Sou um grande idiota. Basta que me atirem algumas migalhas de afeto, que me digam "eu te amo", para meus neurônios derreterem. Esse é meu ponto fraco, amoleço em contato com o amor. Sou o contrário de um caralho, em suma. Por isso Manon me deixou: ela me achava bonzinho demais. Quando a conheci, eu era durão e adorava brigar, foi disso que ela gostou. Assim que comecei a escrever uns slams e colher flores para ela, e a tentar conversar em vez de brigar, ela não gostou e se mandou com um pedaço do meu coração.

Mais batidas. Saio, Philippe me espera à frente da porta, de braços cruzados:

– Pena que você não caga petróleo, senão seria milionário.

Leila coloca a mão na frente da boca para disfarçar e Nathalie cai na gargalhada no meio da loja. Passo por elas em silêncio e chego à minha bancada de trabalho. Eles que se fodam.

18

IRIS

— É você, mocreia?

— Sim, sim, sou eu!

A senhora Beaulieu fica contente de me ver. Todos os dias, desde que me confessou que adorava Scrabble, jogamos juntas. Devido a seus transtornos cognitivos, simplificamos as regras: usamos as palavras que quisermos, aonde quisermos. Ela às vezes me pergunta o significado de um termo, e eu trato de inventar algum. Ocorre, por exemplo, que "ptiwob" é uma flor tropical de cor alaranjada, que podemos "muqir" em público quando estamos com calor e que o filhote da zebra é o "zub".

Ela me observa enquanto arrumo a casa. No início, eu achava que me vigiava, mas entendi que na verdade se tratava de uma espécie de espetáculo. Eu era a bailarina de tutu. Ela se angustia obsessivamente com suas roupas de baixo. A cada três minutos, me pergunta se tem calcinhas suficientes. Tranquilizo-a: estão guardadas na cômoda, na terceira gaveta. Ela assente, mais tranquila, e três minutos depois repete a pergunta. Nas raras vezes em que vi sua filha, ela me contou da mãe ativa e forte que fora apagada pela doença. "Ela participava de manifestações pelo direito das mulheres, ousou pedir o divórcio, criou a própria empresa e teve trinta pessoas sob sua direção. Foi uma grande mulher. Não consigo aceitar que tenha se reduzido a isso."

Às vezes, um clarão de lucidez atravessa seu céu enevoado. Como hoje, quando ela fixa os olhos nos meus enquanto coloco a palavra "govhnoox" na casa que vale o triplo.

— Você gosta da profissão que tem?

Balanço a cabeça e me preparo para mudar de assunto. Mas lembro que ela vai se esquecer de tudo em seguida, então decido confessar:

— Cuidadora não é minha verdadeira profissão.

— Não? E qual é sua verdadeira profissão?

Faz tempo que não penso nisso, não tenho sequer certeza de que minha antiga vida existiu.

— Sou fisioterapeuta. Eu dividia um consultório com outra fisioterapeuta e uma osteopata.

A senhora Beaulieu franze o cenho:

— Mas por que diabos parou de trabalhar com isso?

— Eu não podia mais ficar onde estava e precisei encontrar um emprego às pressas. Eu sabia que, no campo dos cuidados às pessoas, as empresas sempre precisam de funcionários. Então…

Paro de falar, com medo de ter ido longe demais, mas a curiosidade da senhora Beaulieu me incentiva:

— Então?

— Era arriscado demais continuar na mesma profissão.

Ela me encara por um bom tempo. Me arrependo de ter falado, temo que ela queira saber mais. Enterrei a verdade tão fundo que é quase doloroso exumá-la. A mudança é sutil, mas visível. O olhar da senhora Beaulieu se dilui, torna-se vago, como se me atravessasse. Ela não me enxerga mais, está em outro mundo. Depois de alguns minutos, ela me pergunta o significado de "govhnoox".

Meu dia acaba cedo, o apartamento está vazio quando volto para casa. Nesta uma semana que moro aqui, pude observar os hábitos dos outros: Jeanne nunca está em casa antes das seis da tarde e Théo chega mais ou menos uma hora depois. A pitbull também nunca está em casa, o que não me desagrada.

Encho a chaleira e ligo o fogo. Abro duas portas até encontrar o chá. A cozinha está presa nos anos 1990, com sua madeira branca e seus puxadores azuis. Tudo o que é aparente está perfeitamente arrumado, mas não se pode dizer o mesmo do resto. Dentro das gavetas, reina o caos. Os talheres estão atirados de qualquer jeito, fios de massa e grãos de arroz jazem entre caixas vazias, encontro um saco de farinha mais velho que eu. "É minha baderna organizada", se defendera Jeanne ao notar meu espanto. Não confessei que era como ela, tive medo de que quisesse me substituir por uma princesa do lar. Se ela soubesse. Sou paga para organizar, limpar e arrumar para os outros, mas sou incapaz de fazer o mesmo para mim. Sou um sapateiro de chinelos, um açougueiro vegano, um cabeleireiro careca. Jérémy era meu oposto, ele guardava suas coisas em caixas etiquetadas e organizadas por ordem alfabética. Estou servindo a água quente numa xícara com o perfil de William e Kate quando meu telefone toca.

– Tudo bem, minha querida?

– Oi, mãe.

– Tudo bem? – ela insiste.

Sua voz emana preocupação. Ela sabe. Não tenho nem tempo de responder.

– Iris, a mãe de Jérémy me ligou. Ela disse que você está sumida há dois meses. É por causa do casamento?

19

JEANNE

Jeanne entrou no prédio se perguntando se seria uma boa ideia. Ela sempre quisera acreditar na existência de outro mundo, de outra vida, ao contrário de Pierre, cartesiano convicto. Mas, quando aquele homem ligara, ela vira naquilo um sinal.

Na porta preta, uma placa dourada anunciava:

BRUNO KAFKA
A VOZ DOS AUSENTES

O hall de entrada fora transformado em sala de espera. Jeanne pisou nos tapetes superpostos e se sentou numa poltrona de couro gasto.

Quando criança, Jeanne ficara impressionada com a história de um vizinho. Ele contava para todo mundo que a esposa e ele tinham combinado que o primeiro a morrer apareceria para o sobrevivente, de um jeito ou de outro. Na noite do enterro da mulher, ele claramente sentira a presença dela a seu lado. Ele batera três vezes na parede e esperara. Alguns segundos depois, ouvira três batidas de resposta. Aquilo fora suficiente para que a pequena Jeanne, que já se fazia muitas perguntas sobre o sentido da vida e da finitude, se agarrasse firmemente à ideia de que alguma coisa esperava os seres humanos depois da grande passagem.

Com os anos, a dúvida surgira, apesar dos vários lutos doloridos que se beneficiariam daquela certeza. No entanto, ela continuava nutrindo esperanças e lia testemunhos de pessoas que tinham se comunicado com parentes mortos ou tido experiências de quase morte.

Talvez aquele senhor Kafka fosse o alquimista que transformaria a esperança em certeza.

A porta se abriu, e um homem pequeno e calvo a recebeu sorrindo:

– Senhora Perrin?

Jeanne se levantou, tentando controlar os tremores de seu corpo. Ela usava a camisa vermelha de que Pierre tanto gostava.

Entrou num cômodo escuro. As venezianas estavam fechadas e as únicas fontes de luz eram algumas velas espalhadas aqui e ali. O senhor Kafka indicou-lhe um divã e se sentou na frente dela, do outro lado de uma mesa redonda.

– Senhora Perrin, contatei-a porque tenho uma mensagem para a senhora. Seu marido se chamava Pierre, não é mesmo?

Jeanne assentiu em silêncio, com a garganta apertada demais para emitir qualquer som. O homem abriu um bloco de notas, pegou uma caneta e continuou:

– Pierre quer tranquilizá-la: ele está em paz, sereno.

Jeanne sentiu as lágrimas chegando, mas conseguiu formular uma pergunta:

– O senhor o vê?

– Sim. Ele está em pé a seu lado. Sente a mão dele sobre seu ombro?

Jeanne se concentrou, mas não sentiu nada.

– Sim – ela respondeu.

– Ele está falando de seus filhos. Não consigo saber o número. Dois, é isso?

– Não tivemos filhos.

O homem pareceu contrariado:

– Um animal, talvez? Um gato?

– Uma cachorra.

– Isso mesmo! Exatamente! A comunicação às vezes fica um pouco enevoada, mas é mesmo uma cachorra. Pierre está feliz de saber que continuam juntas. Ele lhe pede para não se preocupar, ele a estará esperando quando a senhora se juntar a ele no outro lado. Eu o sinto muito sereno.

O médium se calou por um momento, depois tirou a tampa da caneta:

– Gostaria de fazer alguma pergunta? Estou aqui para transcrever as respostas. Como eu lhe disse ao telefone, meus cinco sentidos estão a serviço dos mortos.

Jeanne já tinha recebido a resposta para a pergunta mais importante: um dia, ela se uniria a Pierre. No entanto, tinha uma pergunta para seu interlocutor:

– Como conseguiu meu número de telefone? Ninguém nunca liga para o telefone fixo.

– Seu marido, quando se manifestou para mim. Entrei em contato com a senhora a pedido dele. Mais alguma pergunta?

– Só quero saber se ele está bem.

– Então pode dormir tranquila: ele está em plena forma. Para um morto, quero dizer. Perdão – ele riu –, tenho um humor de médium!

Jeanne se demorou mais um pouco e pagou os duzentos euros da sessão, em espécie, como solicitado. Ela se levantou sem saber se estava convencida ou não. O homem a acompanhou até a porta e, antes de deixá-la sair, disse uma última coisa:

– Pierre agradece pela camisa vermelha.

20
THÉO

É minha primeira aula de caratê. Consegui um quimono de segunda mão e peguei o metrô para Montreuil depois do trabalho. De manhã, deixei uma mensagem na cozinha para avisar a Jeanne que chegaria um pouco mais tarde. Não sei por que fiz isso, ela não parece se preocupar com a gente, ainda bem, acho que não é do tipo controladora. Mas outro dia voltei meia hora depois do habitual e a encontrei colada no olho mágico. Fiquei com a impressão de que estava preocupada, mas talvez eu tenha tido uma alucinação.

Somos vinte pessoas no dojô: velhos, crianças, mulheres e homens. O professor é um quarentão com um físico que não é grande coisa, mas tem um olhar que ninguém pensaria em desafiar. Ele não fala alto, mas arrasta todas as consoantes. Como se falasse alemão. Me posiciono entre um garotinho e uma mulher ruiva. O aquecimento dura vinte minutos e me faz perder dez anos de vida. Tenho a impressão de estar num treinamento militar: corremos, rastejamos, pulamos, cansamos, suamos. Depois, precisamos repetir movimentos chamados *kihon* e encadeamentos chamados *kata*. Eles parecem fácil à primeira vista, mas na verdade fazem jus ao nome difícil. Tenho quatro membros que decidiram mandar meu cérebro à merda. Meu corpo rodou no teste de coordenação motora. Sou totalmente capaz de fazer o movimento com o braço esquerdo, e eventualmente consigo fazer junto o mesmo movimento com o braço direito. Mas, quando preciso fazer dois movimentos diferentes, um com cada braço, e, pior ainda, usar também as pernas, simplesmente travo. Erro de sistema. Certa vez, tentei aprender violão, e ele ainda tem as marcas dessa experiência. O garotinho a meu lado me dá alguns conselhos. Ele usa uma faixa verde e é superpreciso. Me dá vontade de persistir.

Por causa do abrigo e das mudanças, nunca pude praticar um esporte. Eu jogava futebol com os amigos, mas não gostava muito, era só para fazer alguma coisa. No colégio, eu adorava handebol, mas nunca pude treinar em um clube.

Temos mais alguns minutos de aula, o professor pede que escolhamos um parceiro para treinar uma luta. Naturalmente, me viro para o garoto com a faixa verde. Ele concorda. Seu nome é Sam e ele tem 10 anos. Ele ri da minha cara quando tento atingi-lo; não gosto muito disso, mas prefiro não dizer nada por respeito a meu próprio nariz. Mas ele está certo em rir: sempre que tento dar um pontapé perco o equilíbrio, pareço Van Damme num dia de ventania.

Me sinto desanimado ao voltar para casa. Às vezes fico assim, sem mais nem menos. Mas quer dizer que está tudo bem. Quando não está tudo bem, meu ânimo não tem nem forças para se expressar. Talvez seja por causa da mulher de agora há pouco, com quem cruzei no metrô. Ela ria alto, dançava, parecia feliz, como se tivesse acabado de receber uma boa notícia. E de repente ela perdeu o equilíbrio, tentou se agarrar no vazio e caiu. Deitada de costas, ela chorava e ria ao mesmo tempo. Estava podre de bêbada. Um espetáculo que eu conhecia bem demais.

Jeanne e Iris estão vendo televisão. Jeanne está no sofá, Iris está sentada numa cadeira. Elas me cumprimentam, eu vou direto para a cozinha. Estou morrendo de fome, devo ter perdido um milhão de calorias durante o treino. A pequena mensagem que deixei para Jeanne continua sobre a bancada. Ela escreveu algo em resposta.

Sobrou uma porção de frango e algumas cenouras grelhadas na geladeira, é só esquentar.

Minha prateleira estava quase vazia: uma fatia de presunto e um pouco de queijo. Quase sempre trago um sanduíche da padaria. Aqueço o prato no micro-ondas, me sirvo de um copo de Coca-Cola e, sem pensar, vou me sentar na sala com minhas duas colocatárias.

21

IRIS

A sala de espera da emergência está lotada. Faz quase uma hora que espero minha vez, e ela não parece nem perto de chegar. Meu caso não é prioritário, não tenho nada sangrando ou quebrado. Mas cheguei perto de dar um alô a São Pedro.

Tudo por culpa de Victor, o zelador, que resolveu deixar as escadas mais brilhantes que suas ideias. Às sete da manhã, ou seja, bem na hora em que todo mundo desce por elas.

Saí do apartamento junto com Théo, que continua tão agradável quanto um papanicolau. Desde o primeiro degrau, senti que não chegaria ao térreo na posição vertical. Meu pé escorregou sozinho, o resto do corpo não teve tempo de processar a informação, caiu todo molenga. Eu parecia uma boneca de pano. Ou um suflê de queijo tirado cedo demais do forno, mas confesso minha preferência pela imagem anterior. Tentei me segurar em Théo, mas só consegui agarrar sua manga, que se soltou como uma ex-namorada incômoda. Caí de bunda e de costas por uma dúzia de degraus, em câmera lenta quase cinematográfica, o que me fez tomar conhecimento de cada osso, cada músculo e cada tendão de meu corpo. Desenvolvi um laço profundo com meu cóccix. Quando finalmente parei, eu estava numa posição que, segundo minhas confusas estimativas, só vi em shows de contorcionismo (ou nas obras de Picasso). Tive a impressão de ouvir meu colocatário rir, mas talvez fosse meu períneo chorando.

Théo me ajudou a levantar:

— Tudo bem? Nada quebrado?

Depois de examinar meus braços e pernas, pude afirmar que todos pareciam no lugar originalmente destinados a eles. Agarrei-me ao braço que ele me estendia e não o soltei até o térreo, onde ele me perguntou pela segunda vez se eu não queria que ele telefonasse para uma ambulância vir me buscar.

– Estou bem – insisti.

Assim que ele desapareceu de meu campo de visão, liguei para a agência que me emprega para avisar que não iria trabalhar e fui direto para o hospital. Eu precisava verificar que tudo estava *realmente* bem.

Nas cadeiras de plástico bege à minha frente, um casal digita num celular, despertando em mim uma cena esquecida. Uma noite, Jérémy me encontrou jogando no celular. O jogo: formar palavras mais ou menos extensas com as letras disponíveis. Eu era boa, adorava aquele tipo de jogo desde criança, quando ganhei Soletrando e Boggle de meus pais. Um pouco mais velha, passava horas fazendo palavras-cruzadas. Jérémy me perguntou se podia jogar comigo. Aceitei com alegria, feliz de compartilhar minha paixão e, admito, deslumbrá-lo com meu talento. Eu encontrava as palavras mais difíceis e fazia muitos pontos, enquanto ele tinha dificuldade de formar qualquer vocábulo. Eu percebia e tentava diminuir o ritmo, para deixá-lo participar, mas, assim que uma palavra me ocorria, eu não conseguia deixar de escrevê-la na tela. Antes do fim daquela fase, Jérémy se levantou sem abrir a boca. Entendi na mesma hora que estava magoado. Fui até o quarto, onde ele estava deitado na cama. Pulei a seu lado, imitando um gato, para fazê-lo rir. Insisti para que voltasse. Prometi que o deixaria participar. Diante de seu silêncio, pedi até desculpas. Ele não se mexeu, com os olhos e o rosto fechados. E não me dirigiu a palavra por dois dias. Me senti pretensiosa, infantil e chata. Até que ele voltou do trabalho como antes, como se aqueles dois dias nunca tivessem existido. Ele nunca falou sobre aquilo.

Algum tempo depois, quando peguei o celular para jogar, o aplicativo tinha desaparecido.

– Senhora Iris Duhin?

Levanto e sigo a médica até uma salinha. Ela me pede para tirar a roupa, deitar na maca e contar o motivo de minha vinda. Descrevo minha queda e explico meus temores. Por vários minutos, contento-me em responder às perguntas que ela me faz, refreando minha impaciência de logo ser examinada. A médica aplica um pouco de gel sobre minha barriga e pega a sonda. O som de um coração batendo comove o meu. O pequeno ser que cresce dentro de mim continua aqui.

22
JEANNE

De manhã, Jeanne demorava cada vez mais para sair da cama. As horas que se sucediam até a noite pareciam barreiras intransponíveis. Somente o encontro diário com Pierre conseguia animá-la. Por algumas horas, o mecanismo de seu coração entrava no eixo. No resto do tempo, ela se sentia uma carcaça vazia. A chegada de Iris e de Théo não melhorara as coisas. A presença deles perturbava a ausência que invadira o apartamento. Ela aguardava até que eles fossem trabalhar para se levantar.

Ao sair do quarto naquela manhã, Jeanne teve a desagradável surpresa de se deparar com Iris, em pé no meio da sala, com uma xícara na mão. A jovem não pareceu ouvi-la, absorta na contemplação de uma fotografia de seu casamento com Pierre, sobre o aparador.

— Não vai trabalhar hoje? — perguntou Jeanne.

Iris levou um susto.

— A senhora de que cuido pelas manhãs está fazendo exames clínicos. Começo à uma da tarde, com o senhor Hamadi. Aceita um chá?

— Não, obrigada.

— Desculpe, Jeanne. Eu não queria ser indiscreta. Vocês dois estão muito bonitos nessa foto.

Jeanne sentiu a garganta apertada. Conhecia aquela imagem de cor, e todas as que estavam nos álbuns empilhados em sua mesa de cabeceira. Passava um tempo considerável tentando gravar na memória o rosto sorridente do marido. Ela fazia de tudo para apagar a imagem que substituíra todas as outras: seu último olhar. Que ocupava todo o espaço, invadia todos os cantos. Aquele se tornara seu maior temor: que as lembranças felizes nunca mais voltassem à superfície, e que só restassem as daquele 15 de junho.

A manhã estava particularmente bonita naquele dia. Jeanne abrira bem as janelas e colocara os pés sobre o círculo de luz que o sol formava no assoalho. No toca-discos, que eles nunca tinham substituído por um aparelho moderno, Brel cantava "A canção dos velhos amantes",* sua preferida.

E neste quarto sem berço
Não há móvel que não se lembre
Do roncar das nossas tempestades
Já nada era como antes

Uma mala estava aberta em cima da cama, ainda parcialmente vazia. Em poucas horas, Pierre e ela viajariam para Puglia, ela não podia se atrasar. Ele saíra para comprar pão para fazer sanduíches. Ela saiu do sol a contragosto e voltou a escolher as roupas que pretendia levar. Desde que estavam aposentados, eles viajavam o máximo possível. Nunca para longe, pois Pierre se recusava a andar de avião – oficialmente porque se preocupava com o planeta, na verdade por uma claustrofobia invencível. Eles se contentavam com viagens pela França e pela Europa, e acabaram considerando aquele bloqueio uma sorte, pois suas descobertas os fascinavam.

E finalmente, finalmente
Muito talento nos foi preciso
Para sermos velhos sem sermos adultos

---

* Jacques Brel, *Antologia poética*. Tradução de Eduardo Maia. Lisboa: Assírio & Alvim, 1997.

Daquela vez, eles tinham alugado um *motorhome*. Eles já tinham feito isso para viajar pela Escandinávia, com um grupo de *motorhomes*, e a experiência se revelara incrível. A liberdade oferecida por aquele meio de transporte correspondia ao que eles buscavam ao viajar. Jeanne foi tirada de seus pensamentos por gritos. Ela se aproximou da janela para procurar a origem dos sons e avistou, a cinquenta metros, um ajuntamento na calçada. Atrás dos curiosos, distinguiu o vulto de um homem deitado no chão e outro debruçado sobre ele fazendo massagem cardíaca. Ela entendeu antes de ver e correu até a porta.

Meu amor
Meu meigo meu terno meu maravilhoso amor
Da madrugada clara até o fim do dia
Amo-te ainda sabes amo-te

Pierre estava inconsciente quando Jeanne chegou. Ela caiu de joelhos a seu lado, repetindo seu nome como uma oração. Uma mulher, com o celular na mão, avisou que tinha chamado uma ambulância, que estava a caminho. Ao fim de alguns minutos que lhe pareceram intermináveis, Pierre abriu os olhos. O jovem parou de massageá-lo e os curiosos aplaudiram. Jeanne encheu o rosto do marido de beijos e lágrimas.

– Meu amor, senti tanto medo!

– Que dor de cabeça – ele murmurou. – Não quero morrer.

Seu olhar se agarrava ao de Jeanne. Um olhar que ela não conseguia esquecer, cheio de terror e dor. Seu último olhar.

Ele morrera alguns segundos depois. A sequência dos acontecimentos permanecia nebulosa na mente de Jeanne. A chegada dos bombeiros, as tentativas de reanimação, os curiosos se afastando, o corpo sendo levado e ela sozinha na calçada, congelada sob o sol do meio-dia, com uma baguete a seus pés.

Amo-te ainda sabes amo-te

Com um gesto brusco, Jeanne passou por Iris, pegou o porta-retratos do aparador e voltou para o quarto. O círculo de luz inundava o assoalho. Jeanne se sentou sobre ele, apertando a fotografia contra o coração, e chorou até ficar sem fôlego.

23
THÉO

Já vi muita bagunça na vida, mas nunca desse tipo. Sempre que abro uma gaveta, tenho a impressão de que ladrões passaram por aqui. E não dá para dizer, pois quando entramos no apartamento tudo parece impecável. Mas melhor não abrir o armário se não quiser ter o supercílio rasgado por uma tigela bretã. Não sei como alguém consegue viver no meio de tanta desordem, isso me deixa doido. De tarde, Jeanne estava fora, como sempre, e Iris no quarto, então decidi arrumar algumas coisas. Tirei tudo para fora, separei, classifiquei, limpei. Eu fazia a mesma coisa no abrigo, quando estava tudo bagunçado. No início, todo mundo ria da minha cara, mas, quando comecei a responder com socos, eles se acalmaram. Era assim que funcionava, logo aprendi: ou você se deixa devorar, ou devora. Não era a bagunça que me incomodava, nem que zombassem de mim, mas a lembrança de minha mãe. A casa dela era um caos. Uma vez, ouvi dizer que cada pessoa tem uma cota máxima de sol, e que depois que a atingimos precisamos parar de nos expor a ele para evitar problemas de saúde. Na casa de minha mãe, atingi minha cota máxima de bagunça. Tudo vivia bagunçado. Ela abria uma caixa de bolo e a atirava no chão, deixava a louça suja acumular, o chão era grudento, o banheiro, repugnante. Às vezes, quando dava na telha, ela colocava uma música no volume máximo, abria todas as janelas e arrumava tudo. Passava vários dias fazendo isso, enchendo dezenas de sacos de lixo, esfregando móveis, ela ficava de quatro para raspar a sujeira incrustada no chão, lavava a roupa suja acumulada, e eu tirava o pó com um espanador, feliz demais de participar daquela grande faxina. Toda vez eu acreditava que tudo mudaria. Toda vez minhas ilusões se despedaçavam contra a realidade.

– O que está fazendo? – Iris me pergunta, entrando na cozinha.

A louça e a comida estão classificadas por tipo e tenho uma esponja na mão, mas aparentemente ela precisa de legendas:

– Estou me depilando, não dá para ver?

Ela dá de ombros. Não consigo defini-la. Ela parece legal, para uma garota que confunde um salsicha com um pitbull e uma escada com um escorregador, mas não esqueço que ela tentou me passar para trás. Por pouco não estou na rua por causa dela. É mais forte que eu: assim que vejo a bola quicando, dou um chute.

Ela enche a chaleira e se aproxima de mim:

– Posso ajudar?

– Estou quase acabando.

– Quer um chá?

– Não gosto de chá.

Ela abre uma caixa de chá e solta uma risadinha:

– Vou contar a seus pais sobre seus modos.

Sinto meu sangue ferver nas veias, como sempre acontece quando tocam em meu ponto fraco. Meu corpo enrijece e eu fixo os olhos nos dela:

– Não fale dos meus pais.

A reação de Iris faz minha raiva sumir na mesma hora. Ela dá um passo para trás e coloca as mãos na frente do corpo em escudo. Seus lábios tremem. Ela murmura que estava brincando, que não queria me ofender, e volta para o quarto deixando a chaleira fervente para trás. Me sinto um idiota. Eu não quis assustar ninguém, não acho que fui agressivo, mas foi isso que ela entendeu. Devo ter falado alto demais. Tenho uma voz grave, já me disseram. Ela deve ter ficado impressionada. Acabo de arrumar os pratos na prateleira e fecho o armário.

Iris abre a porta assim que bato. Uma música escapa pela porta, provavelmente alguma velharia, não conheço. Estendo uma xícara fumegante para ela:

– Fiz o chá. Desculpe se te assustei.

– Obrigada, é gentil de sua parte. E desculpe pelo comentário infeliz.

Não sei o que dizer, então faço a primeira pergunta que me ocorre:

– O que está fazendo?

A resposta vem, inevitável:

– Estou me barbeando, não dá para ver?

24

IRIS

Fecho a porta contendo o riso. Não ouso dizer a Théo, mas seu chá é intragável. Ele atirou as folhas de qualquer jeito na água, em vez de usar o infusor. É a primeira vez em um mês que ele não é desagradável comigo, prefiro ficar sem chá do que quebrar o encanto.

Meu celular toca bem na hora que estou saindo de casa. É minha mãe, que me liga todos os dias desde que ficou sabendo que fui embora. Não atendo. Sua eterna preocupação me contamina. Por isso eu não lhe contei nada: a angústia é a companhia constante de minha mãe, sobretudo depois da morte de meu pai. Quando seus medos se dirigem a meu irmão ou a mim, eles facilmente se tornam uma obsessão. Ela estava mais calma desde que passei a morar com Jérémy. Ele era o homem tranquilo, protetor e bondoso que ela sonhava para a única filha. Ao contrário do que eu temia, ela não o culpou por me levar para longe. Eu estava em boas mãos, ela podia dormir em paz.

Na última conversa que tivemos, ela me disse que ele a visitara. Não fora Jérémy quem contara de minha partida, mas a mãe dele. "Ele é tão atencioso que não quis me preocupar", ela disse. "Não o reconheci, ele parece ter envelhecido dez anos. Você me pediu para não passar a ele seu número novo, eu obedeci, mas dá pena olhar para ele, minha filha. Você deveria ao menos dizer que está bem, ele está morto de preocupação."

Imaginei Jérémy e meu coração se contraiu. Ele tem a sensibilidade à flor da pele, uma tendência natural a levar tudo para o lado pessoal. Lembrei-me da vez em que uma observação indelicada de seu chefe o deixou mal um fim de semana inteiro. Lembrei-me de sua constante necessidade de consolo. Senti-me culpada de deixá-lo nessa incerteza sufocante. Então me lembrei de uma das situações causada por essa insegurança afetiva.

Morávamos juntos havia pouco tempo. Depois de meses de busca e várias frustrações, eu tinha encontrado um consultório que precisava de uma fisioterapeuta para substituir a que estava se aposentando. A equipe – outra fisioterapeuta e uma osteopata – era exclusivamente feminina, trunfo importante para Jérémy, que não vira com bons olhos quando fui contratada pela clínica de um rapaz atraente (que acabara mudando de ideia na última hora). Eu estava trabalhando havia uma semana, ainda estava conhecendo os pacientes e os colegas, as duas muito queridas. Jérémy estava extremamente atento a meus sentimentos e me enchia de carinho. Ele sabia que deixar Bordeaux fora difícil, que eu sentia falta da família e dos amigos. A princípio, eu o convidara para morar comigo em Bordeaux, mas não era fácil deixar para trás seu trabalho como gestor de patrimônio num grande banco. Depois de vários passeios de bicicleta pela cidade velha e entardeceres na costa, ele me convencera de que a vida em La Rochelle seria boa. E era mesmo, muito mais do que eu imaginara. Meu céu era de um azul intenso, sem nenhuma nuvem no horizonte.

Naquela manhã, eu não trabalharia. Meu primeiro horário era às duas da tarde. Mas Coralie, a outra fisioterapeuta, teve um contratempo e me pediu para substituí-la por algumas horas. Jérémy estava em casa, em trabalho remoto, pois seu carro estava no mecânico. Cheguei um pouco atrasada, saí do carro e me dirigi ao consultório. Um barulho metálico me fez parar. Voltei até o carro, convencida de que o barulho vinha de meu próprio carro. Dei a volta, pensei que tinha tido alucinação auditiva, até que decidi abrir o porta-malas.

Jérémy estava lá dentro, deitado de lado, com o celular na mão. Fiquei paralisada, em estado de choque, enquanto ele me explicava que tinha achado que eu mentira, que não era culpa dele, que meu olhar me denunciara, que eu precisava ser mais clara com ele, que ele já fora traído e não queria que aquilo se repetisse. Passei o dia me perguntando que atitude tomar. À noite, ele se desculpou e prometeu que nunca mais faria aquilo. Ele me falou da ex, que o enganara com o melhor amigo, e chorou. Senti uma sincera compaixão por ele e o perdoei.

Apago a mensagem de minha mãe. Preciso me preservar, *nos* preservar. Desde ontem, sinto movimentações em minha barriga. Como pequenas bolhas estourando. Pensei que fosse o repolho recheado de Jeanne, mas acho que é o bebê.

NOVEMBRO

25
JEANNE

Era a primeira vez que Jeanne via tanta animação no cemitério. No portão, um florista vendia crisântemos. Jeanne deu de ombros. Para ela, todos os dias eram de finados.

– Desculpe o atraso, passei para ver minha irmã – ela disse a Pierre, acariciando a fotografia sobre o mármore.

– Ele não parece ofendido – respondeu uma voz de mulher.

Jeanne procurou a origem do comentário e viu a mulher que encontrara da última vez, sentada no banco. Ela fingiu não ouvir o gracejo no mínimo indelicado e continuou seu monólogo:

– Fazia tempo que eu não passava para ver Louise, hoje consegui. Eu tinha prometido que voltaria logo. Fica bem perto daqui, é prático. Sabia que faz exatamente três semanas que Théo e Iris estão morando em nosso apartamento? Pois saiba que estou começando a me acostumar com a presença deles. Já não acho insuportável. Nós nos vemos pouco, eles quase sempre estão fechados em seus quartos, mas às vezes me surpreendo gostando de ter companhia. Boudine também; aterrorizar a pobre Iris é uma atividade de que gosta muito.

A cachorra reagiu a seu nome mexendo o rabo. Jeanne tirou um papel do bolso do casaco e leu-o em silêncio, antes de continuar:

– Liguei a calefação. Na noite passada, a temperatura caiu oito graus. O inverno vai ser frio. As cebolas estão grossas, não tem erro. Aliás, ontem preparei a primeira sopa de cebola do ano. Você gostava tanto… Iris gostou, mas o rapaz não quis provar.

Por mais que eu sugerisse acrescentar queijo ralado, ele disse que detestava cebola. Faz quatro ou cinco dias que jantamos juntos. Para falar a verdade, jantamos lado a lado na frente da televisão. Aconteceu naturalmente: na primeira noite eu simplesmente não lembrei que não éramos mais apenas duas pessoas e preparei um frango inteiro, com caldo e cenouras grelhadas, como costumávamos fazer. Na segunda noite, não esqueci que você não estava aqui, mas mesmo assim fiz uma omelete com cogumelos grande demais para mim. Ontem à noite, Théo trouxe a sobremesa, *éclairs* de chocolate feitos por ele. Já contei que ele trabalha na padaria onde você comprava pão? Eles não podiam vender aqueles *éclairs*, porque a cobertura tinha desandado, mas nós nos deliciamos.

Jeanne se manteve em silêncio por vários segundos, depois tirou o papel do bolso de novo. Fazia algum tempo que ela aproveitava o deslocamento até o cemitério para anotar tópicos a abordar com Pierre. Eles já não surgiam tão espontaneamente quanto nos primeiros tempos, era como se a fonte estivesse secando. Em cinquenta anos de casamento, ela nunca se cansara de conversar com Pierre. Quando jovem, ela se sentira apreensiva com a ideia de compartilhar a vida, e, portanto, a maior parte de suas conversas, com uma única e mesma pessoa. O enfado e a repetição lhe pareciam insuportáveis, a ponto de ela ter questionado seu interesse pelo casamento. Conhecer Pierre não varrera para longe todas as suas dúvidas, mas, pouco a pouco, a vontade de passar a vida ao lado daquele homem as relegara ao segundo plano.

Jeanne se preparava para abordar o tema da nova namorada do senhor Duval, do segundo andar, quando a mulher do banco entrou de novo em sua conversa.

– Quanto tempo faz que ele morreu?

Daquela vez, Jeanne se deu ao trabalho de olhar para a desconhecida. Ela era visivelmente mais velha, tinha os cabelos loiros e curtos sob um chapéu de feltro preto. E lhe direcionava um sorriso aberto.

— Quem é a senhora? — perguntou Jeanne.

— Simone Mignot. Meu marido é vizinho de túmulo do seu. Venho aqui todos os dias há quinze anos e fico feliz de ter uma companhia que não a do meu querido esposo, que, admitamos, não é dos mais falantes.

Suas palavras eram tão disparatadas que Jeanne não conseguiu conter um pequeno riso. Do qual se arrependeu na hora, preocupada, porque não queria encorajar sua interlocutora. Jeanne não estava ali para passar o tempo, mas para estar com Pierre. Simone parecia amável, mas Jeanne não queria conversa. A fim de que suas intenções ficassem bem claras, ela virou ostensivamente as costas à mulher e continuou seu monólogo em voz baixa. Nada devia estragar seu único momento de felicidade diária.

26
THÉO

Philippe me ataca assim que abro a porta. Enquanto coloco o avental, ele já me disse mais palavras do que em todo meu tempo de trabalho aqui. Tenho dificuldade de acompanhar, ainda estou meio dormindo. Concentro-me para entender o que ele diz e, quando consigo, lamento ter me concentrado. Se pudesse escolher, preferiria continuar com a cabeça nas nuvens.

– É um novo concurso, para premiar o melhor aprendiz de confeiteiro de Paris. Decidi inscrever você, a primeira seleção vai ser em dois meses, ainda temos tempo de treinar. O conteúdo da prova será divulgado na última hora, mas há grandes chances de que seja algo técnico, então vamos trabalhar bastante até lá. Hoje, vamos de *saint-honoré*.

Espero que ele termine de falar e digo que não vai rolar.

– Estou no primeiro ano, não faz nem três meses que trabalho aqui, vou ser humilhado. Não vai rolar.

Nathalie não consegue deixar de dar sua opinião.

– Se acreditar na derrota antes de começar, vai perder com certeza. Vamos lá, seria uma ótima propaganda para nós!

– Tenho cara de outdoor, por acaso?

Leila, logo atrás de Nathalie, solta uma risada. Nathalie bufa, para variar. Nunca vi alguém que bufasse tanto. Parece uma bunda depois da feijoada. Philippe tenta me convencer. Ele parece querer muito aquilo, nunca o vi tão animado. Eles me pressionam, e conseguem, acabo aceitando participar do concurso. E todos voltam ao trabalho, como se não tivessem acabado de colocar sobre meus ombros um medo de uma tonelada.

Já participei de um concurso. Eu tinha 6 anos. Fazia três ou quatro meses que minha mãe tinha parado de beber, ela tinha conseguido um emprego, nunca esquecia de me visitar, e os monitores diziam que eu logo poderia voltar a morar com ela. Eu estava feliz. A escola organizou um concurso de canções e eu era o que cantava menos desafinado na turma, então fui escolhido para representá-la. Os professores e os outros alunos votavam: quem tivesse a melhor voz ganhava em nome de sua turma. Eu estava um pouco nervoso, sobretudo porque minha mãe prometera estar presente. Os monitores e as crianças do abrigo estavam na plateia. Dos bastidores, eu não parava de olhar para o público para ver se ela tinha chegado, mas não. Fiquei decepcionado, mas eu não tinha muito tempo para pensar. Corinne, minha professora, me fazia ensaiar a música que ela tinha escolhido para mim. Era "Savoir aimer", de Florent Pagny. Ainda lembro a letra. Quando chegou minha vez, subi no palco, percorri o público com os olhos e vi minha mãe. Ela estava sentada na primeira fila. Percebi na mesma hora que ela tinha bebido. Eu sabia desde os primeiros indícios, me tornei melhor que um bafômetro, ela não precisava nem assoprar. Comecei a cantar e ela se levantou, aplaudindo e assobiando. Tentei não olhar, mas ela foi cambaleando até o palco e caiu ao tentar subir. Comecei a chorar e saí correndo. Em matéria de lembrança de concurso, deve haver coisa melhor.

Preparo massa *choux* e creme diplomata por uma hora, depois vou para o pequeno pátio fumar um cigarro. É raro eu fumar, em primeiro lugar porque não me deixam fazer muitas pausas, mas principalmente porque o tabaco custa uma fortuna, então economizo. Mas agora preciso de um cigarro.

– Posso pegar um? – me pergunta Leila, vindo a meu encontro.

É a primeira vez que ela me dirige a palavra. Entre seu meio período e meus dias no centro de formação, não temos muita ocasião de conversar.

Enrolo um cigarro para ela:

– Aproveite, custa mais que um rio de diamantes.

Que idiota. Ela vai me achar mão de vaca.

Ela sorri:

– Posso usar como amuleto, então.

Olho para Leila de canto de olho enquanto ela acende o cigarro. Eu nunca tinha prestado atenção na mancha marrom do branco de seu olho. Ela tem longos cílios pretos. Dois dentes encavalados. Unhas roídas. Seus cabelos estão sempre presos, por causa do trabalho. Desvio o olhar quando ela me encara. Mas consigo vê-la corar. Fico até a última tragada, não trocamos nenhuma palavra. É muito estranho, porque, ao longo daqueles poucos minutos, me sinto próximo dela.

27

IRIS

O dia pareceu interminável. Desde as aulas de física no ensino médio eu não contava tanto os minutos. O professor se chamava senhor Ramorte, um nome perfeito para ele.

Meu pequeno ocupante absorve minha energia e perturba minhas emoções. Só tenho vontade de uma coisa: voltar para casa e tomar um banho, depois de passar no supermercado para comprar creme de castanhas. Sinto desejo disso há vários dias.

Hesito entre diferentes versões (com baunilha, com pedaços, em pote ou em bisnaga), até que ouço uma voz familiar. Meu coração entende antes de mim e pula dentro do peito. Ela está aqui, bem a meu lado, e não preciso nem olhar para saber quem é. Mel. Minha amiga mais antiga.

Eu tinha 6 anos quando meus pais se mudaram para um pequeno condomínio de cinco casas. A nossa ficava ao lado da garagem comum. Enquanto eles subiam os móveis, fui explorar o jardim. Ele me parecia imenso. Ainda não havia grades, então tive a estranha surpresa de encontrar uma menina em nosso terreno. Aproximei-me dela, de braços cruzados e cenho franzido, para que ela soubesse com quem estava lidando. Ela sorriu com quase todos os dentes que tinha na boca e disse que se chamava Mélanie. Nossos terrenos se fundiram, passei a infância e a adolescência entre a casa dela e a minha, e mais tarde com Marie e Gaëlle, cujas casas fizeram o condomínio crescer. Eu não a via há mais de um ano.

Quando fui para La Rochelle, Mel, Marie, Gaëlle e eu conseguimos manter o contato. Tínhamos um grupo de WhatsApp por meio do qual conversávamos todos os dias. Eu raramente voltava a Bordeaux, apesar das promessas que fizera ao partir, pois Jérémy gostava de organizar fins de semana a dois. Minhas amigas entendiam. No início. Uma primeira observação mordaz apareceu quando uma temporada em Bordeaux foi cancelada. Era a segunda vez que isso acontecia: na primeira, Jérémy machucara as costas; na segunda, ele teve um compromisso profissional de última hora. Marie sugeriu que ele fazia de propósito. Pensei que ela estivesse brincando, mas Marie estava falando sério, e as outras duas não a refutaram. Fiquei ofendida, magoada que minhas amigas pudessem pensar mal do homem que eu amava. E houve a vez em que elas me visitariam. Elas tinham alugado, com parceiros e filhos, uma casa a dois quilômetros da nossa. Jérémy comeu uma ostra estragada na primeira noite e passou o fim de semana entre a cama e o banheiro.

— Quer que eu fique com você? — perguntei, na época.

— Não quero privá-la de suas amigas — ele respondeu.

Fiquei aliviada. Eu sentia falta delas, estava feliz de podermos passar um tempo juntas. Fiquei fora por duas horas. Quando voltei, ele estava em agonia. Tinha uma bacia – vazia – sobre a barriga, os cabelos colados na testa, gemia a cada exalação. Tentei fazer uma piadinha para acalmá-lo:

— Afaste as pernas, senhor, quero ver com quanto de dilatação está.

Ele não riu e me pediu para buscar um remédio no banheiro. Acrescentou que teria ido pessoalmente se estivesse em condições de fazê-lo, então sofrera seu martírio até meu retorno. Cancelei minha presença no encontro com minhas amigas na noite seguinte. Quando Marie sugeriu que nos reuníssemos em nossa casa, ele respondeu que minhas amigas eram egoístas e não mereciam uma pessoa generosa como eu.

Alguns dias depois, Gaëlle escreveu uma longa mensagem no grupo de WhatsApp. Ela me comunicava suas dúvidas quanto ao comportamento de Jérémy, que julgava dominador. As outras duas escreveram coisas no mesmo sentido. Todas achavam que ele tentava me afastar dos amigos. Por mais que eu descrevesse um Jérémy que elas não conheciam, o homem atencioso, sensível e generoso com quem eu vivia, elas não desistiam. "Amamos você e sabemos que está mais frágil desde a morte de seu pai, ele não pode tirar proveito disso."

As mensagens no WhatsApp se espaçaram. Fiquei com medo de perdê-las. Organizei um fim semana na casa de minha mãe, Jérémy aceitou com entusiasmo. Eu tinha pressa de que elas o vissem como eu o via. O jantar de sábado à noite aconteceu na casa de Mel. Ela estava rodeada de caixas, pois estava se mudando para Paris, onde conseguira um trabalho como advogada. Ela tinha encontrado velhas fotografias, que repassamos juntas, morrendo de rir. As lembranças se sucediam: as aulas de ginástica, os looks góticos, a festa à fantasia no último ano do colégio, a comemoração do diploma, o acampamento em Noirmoutier, o esqui, a noite do pijama na casa de Marie...

Jérémy olhava para o lado. Tentei chamar sua atenção, ele não pareceu me ouvir. Mel lhe passou o álbum, ele o atirou em cima da mesa. Todos se calaram. Eu nunca o vira daquele jeito. Sua mandíbula estava contraída e seu olhar, furioso.

– São só fotos antigas – Mel disse. – Nenhum ex-namorado aparece nelas, se é disso que tem medo.

– A vida de antes não me interessa – Jérémy respondeu com frieza.

Marie agarrou minha mão embaixo da mesa e a apertou.

– Por que fez isso? – murmurei. – Estamos nos divertindo, não fizemos nada de errado!

Ele afastou a cadeira e se levantou bruscamente:

– Venha, vamos embora.

Marie apertou minha mão com força. Mel sorriu para mim:

– Você pode ficar, Iris.

— Estamos aqui — acrescentou Gaëlle.

Jérémy se dirigiu para a porta:

— Faça o que quiser, Iris. Eu vou embora. Não suporto falta de respeito.

Tentei detê-lo mais uma vez, mas já sabia o que aconteceria. Então murmurei um pedido de desculpa a minhas amigas, me levantei e segui Jérémy.

Por várias semanas, tentei explicar a reação de Jérémy — e a minha. Marie respondeu com poucas palavras. Gaëlle com um emoji. Mel não se manifestou.

Viro o rosto, Mel está ali, com um pacote de biscoito integral na mão e o marido, Loïc, ao lado. Ele é o primeiro a me ver. Fico paralisada, mas ele parece feliz. Ele sorri para mim e dá um tapinha no ombro de Mel, que segue seu olhar e o pousa em mim. Vejo surpresa em seu rosto, um pouco de alegria, bastante constrangimento. Mais tranquila, dou os passos que me separam de Mel e estendo os braços para abraçá-la, como costumávamos fazer. Mas já não estamos naquela época. Antes que eu tenha tempo de alcançá-la, Mel pega um pote de geleia, dá meia-volta e se afasta sem dizer nada.

28
JEANNE

Jeanne recebeu outra carta. Pelo toque, o envelope lhe pareceu mais espesso que o normal. Abrindo-o, ela entendeu por quê: uma fotografia recortada de um jornal acompanhava a correspondência. Ela a reconheceu e suas mãos começaram a tremer na mesma hora.

Inverno de 1997
Neva em Paris. Um fato raro, que divide a cidade em dois grupos: os que comemoram e os que reclamam. Jeanne e Pierre estão no primeiro. Nas ruas imaculadas, eles têm a sensação de estar em viagem na própria cidade. Com botas especialmente compradas para a ocasião, eles vão a Montmartre, onde, ao que parece, as pessoas improvisaram uma estação de esqui. O espetáculo é fabuloso: crianças deslizam sobre sacos de lixo, enquanto os mais corajosos usam esquis. Pierre convida Jeanne para uma decida de trenó improvisado, ela recusa com firmeza. "Claro que não. Temos cinquenta anos, e não vinte, caso tenha esquecido!" Alguns minutos depois, a mesma Jeanne, sentada entre as pernas do marido, desliza sobre um saco de lixo à toda velocidade, gritando de alegria.

Jeanne estava adormecida no sofá quando Iris chegou. Roncava suavemente, e Boudine estava deitada a seu lado. A cachorra pulou para saudar Iris, acordando a dona. Jeanne dobrou a carta que estava em sua mão e a guardou no cinto do vestido.

– Tudo bem com a senhora? – preocupou-se Iris.

– Fiquei um pouco cansada, mas estou melhor – garantiu-lhe Jeanne, levantando-se. – Aceita um aperitivo? Devo ter um pouco de licor, Martini ou vinho do Porto. Pierre e eu gostávamos de beber algo, ocasionalmente.

– Aceito um suco de laranja, obrigada.

Ela pendurou o casaco na entrada e acrescentou:

– Não quero parecer indiscreta, mas também não quero que pense que não me interesso pela senhora. Pierre era seu marido?

– Sim – sussurrou Jeanne.

– Faz tempo que ele faleceu?

– Quatro meses.

– Ah! É recente... Sinto muito.

– Parece uma eternidade.

Jeanne colocou dois copos em cima da mesa.

– Não consigo aceitar que ele não esteja mais aqui. Dizer isso faz outro sentido quando somos confrontados com essa realidade. "Não estar mais aqui." Se eu o procurasse por céu e terra, ou percorresse o mundo todo atrás dele, eu não o encontraria. Ele já não está no mesmo plano que eu.

Sua voz ficou engasgada. Ela se sentou ao lado de Iris e bebeu um gole de licor.

– E você, já teve um grande amor? – ela perguntou.

A jovem baixou os olhos.

– Não sei. Achei que sim, mas não tenho mais certeza.

Um barulho de chaves interrompeu a conversa. A porta se abriu e Théo entrou no apartamento. Ele pareceu surpreso ao ver as duas colocatárias sentadas em torno de uma bebida e as cumprimentou de longe.

– Quer beber alguma coisa? – ofereceu Jeanne. – Suco de laranja, groselha? Talvez eu tenha xarope de menta...

– Já fiz 18 anos, a senhora sabia? – divertiu-se o rapaz. – Quer ver minha carteira de identidade?

Jeanne sorriu:

– Você é um bebê, mas, já que insiste, tenho vinho do Porto, licor e Martini.

– Ok, aterrissei no século passado... A senhora não tem cerveja?

Já que ele não se interessou pelas bebidas oferecidas, Jeanne lhe serviu um copo de aguardente de pera e serviu biscoitos salgados num prato e azeitonas numa tigela. Théo bebeu seu aperitivo com uma careta. Iris preparou um gratinado de abóbora que eles degustaram juntos. O rapaz falou de sua paixão pela confeitaria, a jovem contou anedotas sobre as pessoas de quem cuidava. A televisão ficou desligada. Jeanne saiu com Boudine um pouco mais tarde que de costume, levemente tonta com os dois copos de licor e com a vida que se instalara à sua mesa. Antes de fechar a porta, ela se virou para Iris e Théo, que tiravam a mesa:

– O que vocês acham de não me chamar de senhora?

29
THÉO

Uma vez por mês, atravesso o grande portão. Não gosto dele, em nenhum sentido. Não gosto de entrar, e menos ainda de sair.

Tive que pegar o trem, era mais simples quando eu morava ao lado. Peguei no sono e quase perdi a parada. Estou morto de cansaço, ando dormindo muito tarde por causa do concurso. Pratico todas as noites no apartamento. As duas não se importam nem um pouco, Iris até repetiu o *opéra* duas vezes.

A moça da recepção nem me olha, qualquer um pode entrar. De todo modo, quem viria sem ser obrigado?

Respiro fundo antes de abrir a porta. Sempre faço isso, como se adiantasse alguma coisa. Ganho alguns segundos, já está valendo.

Minha mãe está no quarto. Eles a colocaram na poltrona. Arrumo sua cabeça, que pende para o lado. É idiota, mas sempre que abro essa maldita porta, espero que ela sorria para mim. Os médicos, porém, foram categóricos: zero chance de recuperação. Aquele é o corpo de minha mãe, mas ela não está mais ali. Não tenho certeza nem de que sinta minha presença.

Eles disseram que ela teve sorte, que poderia ter morrido. Tornar-se um vegetal aos 43 anos de idade, não chamo isso de sorte. A única sorte na história toda foi que ela não matou ninguém no carro da frente. Faz cinco anos, e ainda não acredito que aconteceu.

Sento na cama e pego o celular, mas é nos meus pensamentos que surfo. Não consigo deixar de imaginar como teria sido nossa vida se minha mãe não fosse alcoólatra. Tive um breve vislumbre quando ela foi presa. Até voltamos a morar juntos duas vezes, ela estava segura de si, aquilo tinha acabado. Eu acreditava de verdade. Nós nos divertíamos, ela estava sempre cantando e dançando, adorava cozinhar, principalmente fazer bolos, ela me levava para acampar na floresta ou na praia, a três horas de distância. Ela não se importava que eu perdesse a escola, dizia que a vida não se aprendia sentado. Ela dormia comigo com frequência, às vezes porque eu pedia, às vezes porque ela queria. Ela me escrevia bilhetinhos, que colava por todo o apartamento, para dizer que me amava, que eu era o garotinho mais genial do mundo, que eu era seu raio de sol. Guardei todos esses bilhetes, estão no carro que está no depósito. Então, de repente, sem motivo aparente, ela recaía. E não apenas um pouco. Ela bebia ao acordar e chegava ao ponto de não conseguir caminhar em linha reta ou articular uma palavra. Bebia no gargalo. No início, bebia escondida, depois na sala, no quarto, na rua. Ela perdia o emprego. Ela não fazia comida, não cantava, não dançava. Ia ao posto de gasolina no meio da noite para comprar bebida. Ela queria me deixar em casa, mas eu suplicava para que me levasse junto. Eu morria de medo que ela morresse na estrada. Eu endireitava a direção quando ela saía para o acostamento. Ela esquecia de me levar à escola. Esquecia de me levar nas viagens que fazia com as amigas no fim de semana. Por mais que nos mudássemos, os vizinhos sempre acabavam por denunciá-la. Quando o serviço social aparecia, eu negava.

Se estivesse junto com ela, eu teria endireitado a direção. O que mais me dói é que ela não terá uma última chance.

Fico a tarde toda refazendo nosso mundo em minha cabeça. Sempre que vou embora, repito o mesmo ritual. Dou um beijo em sua bochecha, digo que nunca a recriminei, que aquela maldita doença não era culpa dela, leio o texto pendurado na parede, que eles encontraram em sua carteira depois do acidente, e prometo voltar em breve.

Atravesso o grande portão. Não gosto dele, em nenhum sentido. Não gosto de entrar e menos ainda de sair.

30

IRIS

Quando entro na casa da senhora Beaulieu, fico surpresa de não ser recebida por meu adorável apelido. A sala está vazia, a voz de sua filha me chama até o quarto. Encontro-a enchendo uma bolsa com algumas roupas e produtos de higiene.

– Minha mãe acaba de sair na ambulância. Desculpe, Iris, na confusão esqueci de ligar para a agência e avisar. Você veio por nada. Estou indo para o hospital.

– O que aconteceu?

Ela está agitada, suas mãos tremem e suas bochechas ainda guardam vestígio das lágrimas.

– Estávamos tomando café da manhã, vi sua boca se retorcer e ela começou a dizer coisas sem o menor sentido, as palavras saíam fora de ordem. Liguei para a emergência, eles chegaram rápido. Acham que pode ter sido um AVC, ela vai fazer vários exames.

As palavras parecem inúteis nessas circunstâncias, mas sei, por experiência própria, que cada uma delas pode ser um minúsculo bálsamo para cada ferida. Recebi muitas mensagens de apoio depois da morte de meu pai. Algumas linhas, às vezes várias páginas, um e-mail, um SMS, dos próximos e menos próximos. Li e reli tudo, de novo e de novo, me nutrindo do amor que recebia. Desde então, estou convencida de que, quando dilacerado, o coração recebe o amor de maneira animal, quase brutal. Ele o atrai e se apodera dele para se alimentar. Ele o transcende. Todo o resto se torna acessório. As únicas coisas que importam: as palavras, os sorrisos, as carícias, os outros.

Então digo que estou torcendo por ela e que espero que dê tudo certo. Que sua mãe é uma mulher surpreendente, que me fez rir várias vezes e em outras me comoveu. Que é um prazer conhecê-la. Que espero revê-la em breve e ouvi-la me chamar de "mocreia". Ela ri e chora ao mesmo tempo.

Fico no apartamento depois que ela sai, para arrumar e limpar a mesa do café da manhã interrompido. Lembro o que a tutora da agência me disse sobre o trabalho de cuidador. Entramos na intimidade das pessoas, às vezes nos tornamos a única interação humana que elas têm, e o apego é inevitável.

Deixo uma mensagem sobre a mesa para desejar um bom retorno à senhora Beaulieu e saio do apartamento pensando em todos os pacientes que deixei para trás em La Rochelle.

Não escolhi a profissão de fisioterapeuta por acaso. Eu queria consertar as pessoas. Talvez essa vocação tenha nascido na época em que eu desencaixava os braços das Barbies ou quando minha avó me pedia uma massagem nas costas, o certo é que não me lembro de querer fazer outra coisa. Tive a sorte de conseguir um emprego logo depois de formada. A realização de um sonho é fatalmente um risco de decepção. No entanto, desde o primeiro minuto do primeiro dia, eu soube que estava fazendo exatamente aquilo que devia estar fazendo. Logo me especializei em transtornos motores infantis. Era das reabilitações musculares, neurológicas ou respiratórias que eu tirava minha gratidão. Não trabalho com isso há quase cinco meses. Tenho a sensação, ao visitar a senhora Beaulieu, o senhor Hamadi, Nadia e os outros, de continuar consertando as pessoas, mas sinto falta do meu trabalho. Sinto falta dos meus pacientes. Faz alguns dias que voltei a consultar as ofertas de emprego, eu poderia responder a algumas, mas não o faço. Em pouco mais de dois meses entrarei em licença-maternidade, talvez depois eu volte ao trabalho. Talvez depois eu já não tema que ele telefone para todos os consultórios e clínicas para me encontrar.

31

JEANNE

Jeanne ficou contrariada: Simone Mignot já estava no banco. Ela a cumprimentou discretamente, cuidando para não a incentivar com algum olhar. O ônibus enguiçou e a atrasara, ela não pretendia perder nenhum segundo a mais do tempo de que dispunha com Pierre. Infelizmente, a esposa do vizinho não pensou o mesmo.

– Que tempo esplêndido, não é mesmo?

Jeanne, que não gostava de faltar com a boa educação que recebera, deu uma resposta totalmente neutra, rogando aos céus para que isso saciasse a fome de conversa de sua adversária.

– Bom dia, meu amor – ela murmurou, para não ser ouvida. – Sinto muito pelo atraso, pensei que nunca chegaria. Quase vim a pé, mas hoje estou de salto e você sabe que não consigo caminhar muito tempo com ele.

– Por isso sempre uso sapatos baixos – interveio Simone. – Mas dizem que não é bom para as costas, então não sei o que é melhor.

Jeanne fingiu não ouvir, pegou a lista de tópicos de conversa, deu uma olhada no papel e continuou:

– Encontrei Victor para um café essa manhã. Fazia tempo que não fazia isso. Ele arrumou bem o lugar, tenho certeza de que sua mãe teria gostado. Ainda que, pensando bem, talvez estivesse um pouco sóbrio demais para ela, que gostava de cores e frufrus.

– Eu gosto de branco. Acho que não há nada mais elegante que paredes brancas com alguns quadros. Em preto e branco, de preferência. Minha nora adora tudo que brilhe, quase fico cega a cada vez que vou visitá-los. Vou por causa de meus netos, porque, se fosse esperar que eles me visitassem, estaria mumificada. A senhora tem netos?

A irritação acabou vencendo a educação. Jeanne se virou para Simone:

– Senhora, não consegue ver que estou conversando com meu marido? Poderia fazer a gentileza de não se meter em nossa conversa?

– Ah, sinto muito! – murmurou a mulher de chapéu. – Não tenho muitas ocasiões de conversar, então quando uma se apresenta perco as boas maneiras.

Jeanne se voltou para o marido, mas agora era tarde demais. Seus pais a tinham educado para respeitar o próximo, mesmo que em detrimento de si mesma. Sem falar de seu excesso de empatia, que às vezes chegava à negação de suas próprias emoções. Raras eram as ocasiões em que ela fizera valer suas vontades e, quando acontecia, era invadida por uma grande sensação de culpa. Sozinha em seu banco, repelida por uma desconhecida, Simone lhe deu pena. Ela explicou a situação a Pierre em voz bem baixa e foi se sentar ao lado da mulher, junto com Boudine.

Simone não se incomodou e aceitou de bom grado os ouvidos que lhe eram emprestados.

Fazia quinze anos que seu marido, Roland, morrera. Ela sentia falta dele como no primeiro dia, tal qual um braço amputado. Vivia com a constante sensação de ter perdido alguma coisa, por isso a procurava ali.

– Todos os dias, há quinze anos. Nunca faltei nenhum! – ela insistiu. – Nem quando fiz uma endoscopia e quiseram me deter no hospital o dia todo. Assinei um papel e saí. Não me arrependo, é assim que sou feliz. Ele ainda está comigo, entende?

Jeanne entendia muito bem. As visitas a Pierre eram sua única razão de viver.

Simone era mais agradável do que pareceria à primeira vista. Jeanne gostou da conversa, mas não demorou a voltar ao marido.

Simone tinha ido embora quando Jeanne deixou o cemitério. Ela chegou ao ponto quando as portas do ônibus estavam se fechando. O motorista a viu no último segundo e deixou que embarcasse. Com Boudine deitada a seus pés, olhou para os prédios, os pedestres, os carros, as vitrines das lojas. Algumas já tinham decorações de Natal. O tempo passava tão rápido.

Quando chegou em casa, Jeanne encontrou Théo e Iris na cozinha. O rapaz tinha levado ingredientes para praticar.

– Vou fazer um *saint-honoré*! – ele anunciou com orgulho.

Jeanne sorriu, alegou algo urgente e se fechou no banheiro. Ali, se postou na frente do espelho e se examinou detidamente. Nada transparecia, nada era visível. No entanto, Simone colocara em palavras o que ela sentia. Fazia quatro meses que ela tivera um braço amputado.

32
THÉO

Não sei se fui feito para o caratê, e menos ainda se o caratê foi feito para mim. Sempre que temos que lutar, dou um jeito de ficar com Sam, o menino de 10 anos. Mas o professor deve ter percebido minha tática, porque me colocou na frente de Laurent, um sujeito que é duas cabeças mais alto que eu e tem ombros da largura das minhas pernas em espacate. Só faltam para-choques para ser confundido com um 4×4. Ele não é um homem, mas um andaime. Um armário com pés e braços. Mas um armário bem grande, o guarda-roupa da Beyoncé. Quando ele se posta na minha frente, hesito em perguntar se devo apertar sua mão ou puxar a maçaneta, mas logo percebo que ele não está aqui para brincadeira.

No fim da aula, entendo por que precisamos usar proteções. Sem o protetor genital, eu estaria com uma omelete no lugar dos ovos. Enquanto calço os tênis, tentando não gemer, surpreendo o sorriso de Sam.

— Está rindo da minha cara, por acaso?

Ele ri:

— Um pouco, confesso.

Está escuro e frio na rua. Todo mundo se dispersa, as portas dos carros batem e os motores são ligados. Sam se despede e vai buscar a bicicleta, presa ao lado da sala. Caminho para pegar o metrô, mas ouço-o praguejar.

— Filhos da puta, furaram os pneus!

Reprimo a vontade de dizer para não falar palavrão, mas com a idade dele eu não era um exemplo de educação. No abrigo, precisamos mostrar que somos grandes e fortes, principalmente quando somos pequenos e fracos. Precisamos fazer barulho e ocupar espaço. Não revelar rachaduras, para que ninguém as penetre. Palavrões e empurrões são como ombreiras. Eles nos dão uma aparência que não temos. Aos 10 anos, eu distribuía insultos e tapas enquanto não crescia o suficiente para poder abandoná-los.

— Seus pais podem vir buscar você?

— Não, mas não moro longe, vou empurrar a bicicleta até minha casa, não tem problema.

— Vou junto.

— Não precisa.

— Você é um garoto, está tarde, não vou deixar que volte sozinho a pé.

Ele fala o trajeto todo. Da irmã de 3 anos, que é engraçada, mas pega os brinquedos dele. De Minecraft, seu jogo preferido, que seu pai não quer que ele jogue durante a semana. Do gato Carlitos, que dorme com ele desde que ele é bem pequeno. Do amigo Marius, que levou cigarros para a escola. De sua impaciência para passar logo de ano. Do caratê, que ele adora, embora também goste de dançar hip-hop. Da bicicleta, que já foi roubada duas vezes. Ele mal respira, fala, fala e fala, com uma voz que oscila entre o agudo e o rouco, que hesita entre a infância e a adolescência. Ele me faz rir com sua maneira de falar bem característica. Usa várias expressões antigas em suas frases infantis, entre dois palavrões.

"Conheço Marius desde o maternal, ele é meu melhor amigo. Às vezes ele me enche o saco, mas eu sempre o perdoo, sei pôr água na fervura."

Ou:

"Fico puto que peguem minha bicicleta, é de lascar o cano!"

Não deixo de rir, o que acaba encorajando meu interlocutor.

Levamos mais de dez minutos para chegar, o garoto devia achar que morava perto porque voltava de bicicleta. Ele tira um molho de chaves da mochila e me agradece pela companhia. Espero ele fechar a porta para então dar meia-volta e pegar o metrô. No celular, digito uma mensagem para Jeanne e Iris: "Estou um pouco atrasado, mas não se preocupem".

33

IRIS

A senhora Beaulieu não resistiu. O AVC foi estabilizado, mas, três dias depois, um segundo não a poupou. A diretora da agência me avisou do ocorrido e me tranquilizou: ela me enviaria para outra pessoa, uma senhora de idade que sofria de mal de Parkinson. Constrangida, eu tinha evitado tocar no assunto. A senhora Beaulieu representava uma parte importante de meu salário, mas aquela era a menor de minhas preocupações a respeito de sua morte. Um pouco depois, sua filha me enviou uma mensagem para agradecer minha presença ao lado de sua mãe. Respondi algumas linhas de uma banalidade atroz, sem ousar lhe dizer a que ponto eu estava triste, a que ponto eu sabia como ela estava sofrendo.

Nadia está na cama quando chego em sua casa. O filho está com ela, mergulhado na leitura de *Em busca do tempo perdido*.

– Ele não foi à aula hoje – ela me avisa. – Viu que eu estava fraca e não quis me deixar sozinha.

– Ele lê Proust aos 10 anos, acho que pode faltar um ou dois dias na escola. A senhora falou com o médico?

– Sim, pela manhã. Mais um avanço da esclerose. Minhas pernas já não me sustentam, vou ser obrigada a usar cadeira de rodas. Estou arrasada, acabei de comprar um vestido que nunca poderei usar.

– Posso ajudar!

Ela ri:

– Ele é curto demais. Sentada, todo mundo teria uma visão deslumbrante de minhas intimidades. E eu não conseguiria tirá-lo sozinha. Estou condenada a usar túnicas confortáveis e fáceis de vestir, que me fazem parecer uma velha.

– Desculpe, mamãe, mas você já não é tão jovem – intervém Léo.

– Obrigada, querido! Fique sabendo que tenho apenas 36 anos.

Nadia me impressiona por sua aceitação da doença e por sua resiliência. Ela não contorna os obstáculos, ela os explode. Ela me lembra das crianças que eu atendia no consultório de La Rochelle, da alegria que elas tinham de enfrentar todas as provações, inclusive a doença. Não era raro eu voltar para casa psicologicamente abalada com as injustiças da Mãe Natureza. Jérémy me ouvia, me reconfortava e me dizia o quanto minha profissão era admirável. Ele também se preocupava, se perguntava se eu seria forte o suficiente, achava que eu poderia me machucar. Lembro-me de uma noite em que contei de minha tristeza depois do sombrio prognóstico do pequeno Lucas, de 6 anos. Jérémy me abraçou com força e acariciou minha cabeça:

– Minha querida, você tem muitas qualidades, mas é sensível demais para trabalhar com isso. Acha que o pequeno Lucas não percebeu sua dor? Acha que o ajuda desse jeito? Desculpe soar um pouco duro, mas alguém precisa lhe dizer isso. Você não foi feita para isso, assim causa mais prejuízos que benefícios.

Ele me atingiu numa parte minha que eu julgava inabalável. Eu nunca tinha questionado minha vocação, meu profissionalismo e minha utilidade. A dúvida me visitava em vários campos, nunca naquele. Mas as palavras de Jérémy fragilizaram minhas certezas. O pior é que preferi acreditar que ele tinha razão em vez de pensar que ele podia querer me prejudicar.

– O doutor acha que dessa não vou me recuperar – diz Nadia enquanto a ajudo a sair da cama. – Minha vida terá quatro rodas!

– Que sonho! – exclama seu filho. – Odeio caminhar, você é muito sortuda!

Nadia cai na gargalhada, e Léo se aninha em seus braços. Como ela, ele maneja o escárnio como uma arma afiada. Observo os dois, sem dúvida igualmente angustiados com aquele novo ataque da doença, e vejo-os fazendo esforços incomensuráveis para não deixar a resignação vencer, atravessando de mãos dadas as dificuldades, um tomando o cuidado de não arrastar o outro em seus tormentos. Admiro aquele quadro de uma mãe com seu filho, e digo para mim mesma que tudo é possível. Nadia me contou certa vez que o pai de Léo sumira durante a gravidez. Ela o encontrara, insistira para que ele reconhecesse o filho, dissera que aquele medo o privaria de uma grande felicidade. Ele se deixara convencer, mas sumira de novo quando o menino completara 3 meses e nunca mais dera sinal de vida.

Vou ter um filho sozinha. Como muitas mulheres antes de mim. Seremos felizes. Prometo a nós dois que seremos.

DEZEMBRO

34
JEANNE

Jeanne sempre teve medo de aranhas, principalmente quando elas são idênticas a caranguejos. Por isso, quando viu o animal na parede da sala, ficou paralisada e soltou um balido mais alto que o de uma cabra.

Iris chegou correndo, quase caindo sobre Boudine. Ela se imobilizou diante do monstro.

– O que é isso?

– Acho que é uma aranha – respondeu Jeanne.

– Mas é enorme!

– Não me diga. Não sei como vamos tirá-la daqui. Pode pegar uma vassoura?

– Posso pegar, mas nunca vou me aproximar dessa coisa. Acha que é inteligente? Ela pode pular em cima de mim. Não vou sair daqui.

Théo também chegou correndo. Ele soltou um assobio admirado ao ver o animal. Aliviada, Jeanne viu nele seu salvador:

– Ah, Théo! Pode nos livrar dessa coisa?

– Claro – disse o jovem. – A senhora tem um lança-chamas?

– Claro que não.

– Então não posso fazer nada.

Iris dirigiu um olhar suspeito a Théo:

– Você tem medo de aranhas?

– Não tenho medo, que bobagem. Só desconfio de coisas que têm mais patas que eu.

– Théo, pode buscar o aspirador? – implorou Jeanne.

– Ele está na cozinha?

– Sim, ao lado da geladeira.

– Para isso, preciso passar pela porta. Caso vocês não tenham percebido, a caranguejeira está bem em cima da porta.

Iris soltou uma risada nervosa, que se tornou um gemido quando a aranha se deslocou para o canto da parede.

– Ai, meu Deus! – gritou Jeanne, enquanto Théo dava três corajosos passos para trás.

Foi Iris que decidiu chamar o zelador. Até ele chegar, o animal teve tempo de atravessar a sala. Victor encontrou Jeanne e Théo paralisados do outro lado da sala, os olhos fixos na forma escura.

– Se a perdêssemos de vista – gemeu Jeanne –, ela poderia fugir e teríamos que viver sabendo que um monstro talvez visitasse as nossas cobertas.

Victor prendeu a aranha num vidro transparente sob os gritos dos demais. Depois ele disse que a soltaria na rua para não ter que matá-la.

– No mínimo a trezentos quilômetros daqui, Victor! – pediu Jeanne.

– Claro – ele respondeu. – Devo comprar uma passagem de trem para ela?

Ele voltou dez minutos depois para receber os agradecimentos frenéticos dos três colocatários – e brindar ao desaparecimento da intrusa.

– Parece que todos estão bem – ele disse, terminando seu copo. – Quero dizer, a vida a três, todos bem?

Iris assentiu:

– Nós nos damos bem e nos respeitamos. É difícil se orientar em um novo ambiente, mas estou começando a me sentir realmente em casa.

– Você morava em Paris antes? – ele perguntou.

– Não, na província.

Jeanne notou a tensão de Iris e veio a seu socorro.

– Estamos melhor do que eu esperava. Lamento apenas que Théo não seja mais organizado. Mas os jovens são assim...

Théo quase se engasgou, até que entendeu que Jeanne estava brincando. Ele ainda não se acostumara. Fazia pouco tempo que o humor de Jeanne voltara à superfície.

– Sinto muito se fui um pouco grosseiro no primeiro dia – Victor disse a Théo. – Jeanne é muito importante para mim e fiquei preocupado com ela, à mercê de desconhecidos.

– Tudo certo, irmão.

Victor ficou para jantar. Jeanne preparou um purê de pastinaca e filés de badejo, Théo fez um crumble de maçã. Quando Victor partiu e Iris foi dormir, Théo perguntou se Jeanne queria que ele levasse Boudine para passear:

– Vou fumar, posso aproveitar para passear com ela.

Jeanne declinou da oferta, disse que precisava esticar as pernas. Eles desceram juntos no silêncio da noite.

O frio formava nuvens de fumaça diante de suas bocas. Eles caminharam lentamente na direção do parque que ficava no fim da rua. Quando Théo acendeu um cigarro, Jeanne o pegou e o levou aos lábios.

– Você fuma? – espantou-se Théo.

– Não – respondeu Jeanne tossindo, antes de tragar mais uma vez. – Nunca me permiti, vi os estragos do fumo em meu pobre avô. Mas sempre quis experimentar. Na minha idade, não corro mais nenhum risco, não é mesmo?

Ela afastou o cilindro branco da boca para observá-lo, tragou mais uma vez e o devolveu a Théo:

– Pena que seja tão nojento.

35
THÉO

Todo mundo está mais motivado que eu com o concurso. Philippe me faz trabalhar de manhã até a noite, Nathalie me trata com gentileza. Não soa natural, ela parece mexer os lábios enquanto outra pessoa dubla sua voz. O que mais gosto é quando Leila me encoraja. Sempre que acabo um novo tipo de doce, ela me diz que ficou ótimo e eu fico com vontade de preparar ainda mais doces ótimos.

Gosto dos dias em que ela vem trabalhar. Eles são como os outros, só que às vezes ela sorri para mim e eu sinto minhas bochechas pegando fogo. Não posso criar esperanças, há zero chance de ela se interessar por mim. Seria bom se um dia eu parasse de me importar com qualquer sinal de interesse. Sei que não vale a pena. Sempre que dou um pedaço de meu coração, ele volta em péssimo estado. Melhor não ter ninguém, assim não corro o risco de perder.

Manon dizia que me amaria para sempre, e eu acreditei. Eu deveria saber, pois minha mãe tinha me aplicado o mesmo golpe. Tínhamos um monte de planos para quando estivéssemos livres, depois dos 18 anos. Tínhamos até um nome para o gato que teríamos. Estávamos juntos havia quase dois anos. No abrigo, todo mundo falava da gente como se fôssemos a mesma pessoa. "Manon&Théo." Quando a peguei beijando Dylan, pensei que fosse morrer. Senti a mesma coisa que eu sentia quando surpreendia minha mãe bebendo. Ela não tentou nem se desculpar, eu era muito legal, mas ela se apaixonara, não pudera evitar, pronto, fim da história. Logo Dylan, ainda por cima. Fiquei alucinado. Não sou do tipo a criticar o físico das pessoas, mas tudo tem limite. O sujeito não tinha dentes, parecia um teclado de piano. A coisa não durou e, mesmo que eu nunca fosse admitir, acho que teria voltado se ela quisesse. Ela não quis. Fiz 18 anos dois meses depois, então fui embora. É a regra: aos 18 anos você sai, mas mesmo sem isso eu não teria ficado mais nenhum segundo lá. Para falar a verdade, tenho boas lembranças do abrigo, nós nos divertíamos e fiz verdadeiros amigos, principalmente Ahmed e Gérard. Mas não posso negar, não estávamos ali por prazer. Em geral, chegamos bastante machucados ao abrigo, onde há bastante violência e, quando estamos machucados, precisamos de tudo menos de violência. Ahmed e Gérard me ligaram várias vezes, nunca atendi. Quando cheguei a Paris, decidi começar uma nova vida e esquecer a anterior. Mas não adianta, uma parte minha ainda vive lá.

– O que está fazendo? – Leila me pergunta, vindo na direção de minha bancada.

– Enchendo as *religieuses* – respondo, pegando uma para colocar o creme.

Ela cai na gargalhada:

– Que frase estranha!

Levo alguns segundos para entender e rio com ela. Nathalie chega como um rinoceronte:

– Leila, o que está fazendo?

– Vou tirar os *pains au chocolat* do forno.

– Está perdendo tempo, precisa ser mais eficiente! A vitrine não vai se encher sozinha.

Leila revira discretamente os olhos e se afasta na direção do forno. Volto para as *religieuses*. Nathalie não consegue deixar de soltar uma última bomba:

– Não sei o que vocês dois estão tramando, mas estamos numa padaria, não num site de namoro.

36

IRIS

O setor de ultrassonografia fica no térreo do hospital. Dou meu nome na recepção e me instalo na sala de espera. Embora eu tenha ouvido seu coração recentemente, estou angustiada. Não é apenas um bebê que cresce dentro de mim, é uma promessa. Por mais que eu me proíba de me apegar a ele antes do nascimento, já o amo loucamente.

Cresci com uma ausência. Eu tinha 5 anos quando meu irmão, Clément, nasceu, 8 quando a barriga de minha mãe cresceu de novo. Era uma menina, ela se chamava Anaïs, eu detestava vê-la mexendo embaixo da pele esticada, sentia nojo. Quando minha mãe foi para a maternidade, preparei uma caixa com presentes para minha irmãzinha: um bichinho de pelúcia que eu não queria mais, uma boneca que eu não queria mais, presilhas de cabelo que eu não queria mais. Eu era generosa com as coisas que não queria mais. Meu pai foi o primeiro a voltar e nos contou o que aconteceu. Lembro-me do abraço demorado que ele nos deu, em meu irmão e em mim, e dos soluços que o sacudiram. Só chorei uma vez, quando minha mãe voltou para casa. Eu não teria a irmãzinha com quem me imaginara brincando de Barbie ou Connect 4, assim que ela chegasse em casa. Nunca a esquecemos, ela participa de todos os aniversários, de todos os Natais, falamos dela com frequência, e todo 24 de abril minha mãe passa o dia chorando. No entanto, nunca tive uma medida exata do drama que marcou a vida de meus pais. Nunca até hoje. Agora sei que podemos amar alguém que ainda não conhecemos. Sei o que somos capazes de fazer para proteger um pequeno ser que depende de nós. Sei que, se eu o perdesse, não me recuperaria.

Uma auxiliar de enfermagem me leva à sala de exames e diz que o ultrassonografista não vai demorar. Tento relaxar enquanto espero. O teto tem cinquenta e seis placas, duas manchadas.

Um homem jovem entra na sala e me cumprimenta. Se não estivesse de jaleco, eu perguntaria se perdeu os pais. Ele parece ter 12 anos. Penso em pedir sua carteira de identidade, mas ele aplica o gel em minha barriga.

– É o morfológico? – ele me pergunta.

– Como?

– É o ultrassom das 22 semanas? O morfológico?

– Sim, sim, isso mesmo.

– Então veremos todos os órgãos e saberemos se o bebê está se desenvolvendo bem. Vamos lá.

O médico explora cada centímetro de minha barriga com a sonda. Ele não tira os olhos da tela e eu não tiro os olhos de seu rosto. Tento interpretar o menor movimento de sobrancelha, a mínima mudança de expressão. Ele não diz nada e eu não ouso fazer nenhuma pergunta, não quero passar pela mãe ansiosa que obviamente não sou.

– Ah – ele suspira de repente.

– O que foi?

– Um probleminha.

Meu sangue congela. Paro de respirar. Se eu fingir estar morta, talvez o destino me poupe?

– O programa travou – ele diz. – O aparelho acabou de chegar do conserto, deveria estar bom, mas continua tudo igual. Não poderei fazer a imagem 3D, sinto muito.

Se ele soubesse que não estou nem aí para as imagens 3D! Meu sangue volta a correr em minhas veias e, como para me tranquilizar, o bebê dá uma cambalhota.

– Ah, perfeito! – exclama o ultrassonografista. – Eu estava esperando que se virasse. Quer saber o sexo?

Não hesito nem um segundo.

Meia hora depois, saio do hospital apertando contra o peito um envelope sem a imagem 3D, mas com a imagem de um minúsculo pipi que tenho vontade de mostrar para todo mundo.

37
JEANNE

Quando abriu a porta do médium pela segunda vez, Jeanne varreu as dúvidas para longe. Depois de uma breve reflexão, ela chegara à conclusão de que tinha duas opções: ou acreditava num além com Pierre, ou acreditava numa eternidade sem Pierre. Ela se sentou no divã de Bruno Kafka feliz por ter escolhido a primeira. A vida era mais suportável quando ela não se sentia mortal.

— Que bom revê-la — recebeu-a o médium.

— Obrigada por me avisar que Pierre queria falar comigo de novo. Ele está aqui?

O homem fechou os olhos e pareceu se concentrar, depois sorriu:

— Pierre está entre nós. Ele a achou muito bonita.

Jeanne corou. Ela se arrumara, com o coração alegre, como nos primeiros encontros com Pierre. Acompanhada pela voz de Jacques Brel, ela enrolara uma fita em torno do coque, pintara as bochechas e os lábios, também os cílios. Ela usava o vestido azul escuro que Pierre lhe dera numa loja romana, e o conjunto de lingerie de seda preta que o deixava louco, torcendo para que a morte tivesse lhe dado o poder de ver através das roupas. Ela havia hesitado, temendo ser vulgar, mas seus corpos tinham se amado tanto quanto suas almas, e ela ousara pensar que ele apreciaria o gesto.

— Ele está orgulhoso da senhora — continuou o homem. — Ele a acha muito forte.

Jeanne pensou que, se a força consistia em derramar dez litros de lágrimas todas as noites e segurar dez litros de lágrimas todos os dias, então sem dúvida ela era forte.

– Pierre quer que a senhora saiba que ele está a seu lado. Ele a vê.

Jeanne sentiu um arrepio. Às vezes – muitas vezes – ela se surpreendia imaginando o marido a seu lado. Se ela se concentrasse ao máximo, conseguia sentir seu sopro sobre a pele. O homem confirmou que ela não estava louca. Ela hesitara em voltar por causa do preço da sessão, mas alimentar a esperança de que Pierre ainda estava ali, em algum lugar, esperando por ela, valia duzentos euros.

– Ele encontrou o irmão? – perguntou Jeanne. – E os pais?

O médium revirou os olhos e soltou um grunhido. Jeanne esperou que ele não tivesse um ataque ou, ao menos, que respondesse antes.

– Ele encontrou todos os parentes mortos. Vejo-o cercado de pessoas idosas e menos idosas. Os pais parecem estar ao lado dele, é isso?

Jeanne teve dificuldade de engolir. Ela assentiu em silêncio, perturbada com a imagem que lhe era oferecida. No aparador da entrada do apartamento, havia uma fotografia de Pierre criança, cercado pelos pais. Imaginá-los reunidos a deixou abalada.

O médium voltou a si:

– Terminamos. Foi muito intenso. Acho que precisaremos nos ver novamente, o que acha?

Apesar da brevidade de cada sessão, Jeanne aceitou sem nenhuma hesitação. Ela poderia conseguir uma quantia suficiente com as joias que tinha. Ela anotou o horário na agenda, colocou o casaco e agradeceu calorosamente ao homem.

– Pierre manda um beijo – ele disse, segurando a porta. – Para a senhora e para seus filhos.

38
THÉO

Quando voltei do trabalho, há pouco, as duas velhinhas me esperavam. Na verdade, fiquei feliz, não estou acostumado a ter alguém esperando por mim, tive a impressão de fazer parte de uma família. Mas minha alegria fez como Iris na escada quando entendi que elas me esperavam para eu fazer uma coisa. Se entendi direito, Iris falou a Jeanne de uma mulher que não tinha roupas adequadas para usar em sua cadeira de rodas e Jeanne, plim, se iluminou como uma árvore de Natal e pediu que descêssemos ao porão para buscar umas coisas.

Iris agarra o corrimão como se pudesse tirar leite da madeira, aparentemente ela não quer repetir o *Jamaica abaixo de zero* do outro dia.

Eu nem sabia que o prédio tinha um porão. Quando abrimos a porta que desce ao subsolo, o zelador veio correndo. Ele sempre faz isso quando passamos, não é um homem, mas uma rolha de champanhe.

— Tudo bem?

— Humpf — respondo. — Precisamos de ajuda, está disponível?

— Claro, o que foi?

— Vamos esconder as partes de Jeanne no porão, pode levar as pernas?

Sempre funciona. Ele fica mais branco que seu sorriso – da primeira vez que mostrou os dentes, quase perdi a retina. Iris explica que é brincadeira, ele solta uma gargalhada sonora e diz que tinha entendido.

Desço na frente, não por galanteria, mas para não demorarmos. Detesto subsolos, tenho a impressão de que vou ficar preso e morrer sufocado. É um de meus piores pesadelos, desde pequeno. Tenho também aquele em que sou perseguido, mas corro sem sair do lugar e grito sem emitir nenhum som. No abrigo, eu tinha um filtro dos sonhos acima da cama, feito por Manon. Por algumas semanas, não sonhei. Não sei o que funcionava: o filtro dos sonhos ou o fato de alguém me amar o suficiente para me fazer um. Deixei-o para trás, pensei que os pesadelos não teriam motivo algum para me seguir em minha nova vida. Mas parece que eles tinham me encontrado.

Preparo a chave. Chegamos à porta, abro-a rapidamente. O depósito é pequeno. Lençóis cobrem as coisas de Jeanne. Iris passa na frente e levanta o tecido:

— Jeanne disse que estava na parede da direita.

Vemos prateleiras de madeira.

— A máquina de costura está aqui – diz Iris. – As caixas de papelão também. Ela falou numa caixa de costura, está vendo alguma coisa?

Não sei como é uma caixa de costura, então respondo que não, fingindo procurar. Estendo o braço para espiar embaixo de outro lençol, na parede da frente.

— Théo! Jeanne não queria que mexêssemos aí. Ela disse várias vezes que devíamos procurar à direita.

Tento colocar o tecido no lugar, mas é tarde demais, ele se solta e cai no chão. Iris junta o pano rapidamente e o arrumamos do jeito que podemos, mas nós dois temos tempo de ver um berço, com um grande urso de pelúcia bege dentro.

39
IRIS

É a primeira vez que caminho por Paris sem ir para o trabalho ou para o supermercado. Passeio sem destino, só por prazer. Afasto-me de meu refúgio, saio de minha zona de conforto, e sinto um arrepio. Todas essas pessoas, todos esses rostos, todos esses corpos em movimento. Eu gostava tanto da multidão, antes. Eu gostava quando ela se movia, avançava, vivia. Meus pais moravam num subúrbio distante de Bordeaux, numa casa de um condomínio cercado por vinhedos. Minha mãe ia bastante à cidade para trabalhar, eu suplicava para que me levasse junto, eu sentia que descobria o mundo. Adolescente, com Mel, Marie e Gaëlle, pegávamos o ônibus para ouvir CDs na Virgin Megastore da Place Gambetta, depois descíamos pela Rue Sainte-Catherine até a Place de la Victoire. Bebíamos café no Auguste, depois voltávamos para o que chamávamos de nossa terrinha. Na universidade, dividi um apartamento com Mel atrás da Cours d'Alsace-et-Lorraine. Por causa dos vidros simples do meu quarto, eu ouvia os motores e as vozes de todo mundo, como se minha cama estivesse na calçada. Já na primeira noite, abandonei os protetores auriculares que eu usava havia anos. O silêncio me ensurdecia mais que o barulho.

Jérémy não cresceu em La Rochelle. Ele se mudou para lá depois de deixar sua Provence natal e tentar sem sucesso se aclimatar no Aveyron, no Bas-Rhin e no Loire-Atlantique. Eu admirava sua liberdade, que contrastava com minha incapacidade de me afastar das pessoas próximas. Quando me mudei para a casa dele, temi o silêncio. A casa ficava longe dos pontos mais movimentados da cidade e era cercada por um bosque alto. Minha mãe sempre dizia que a vida a dois era uma sequência de concessões, pensei comigo mesma que aquela seria a primeira.

Examino as silhuetas, espreito os gestos, escaneio os rostos. A multidão, ontem amiga, se tornou inimiga. O perigo talvez se esconda sob aquele chapéu ou atrás daquele guarda-chuva, naquele carro ou na calçada da frente. Acelero o passo, me recuso a dar meia-volta e desistir. Não quero entregar as rédeas de minha vida ao medo. Faz tempo demais que estou encolhida em mim mesma. Faz tempo demais que observo minha vida passar. Entro num parque, um cartaz diz que é o Square des Batignolles. Sento no primeiro banco que encontro e espero meu coração voltar ao ritmo normal. Ele está quase sereno quando sinto meu celular vibrar na bolsa. A tela indica um número que não conheço. Somente minha mãe, Jeanne e a agência que me emprega têm meu número, e os delas estão registrados. Deixo tocar até que a chamada caia na caixa postal. O celular volta a tocar. Meu coração volta a disparar. Olho para a tela, paralisada. O toque cessa e, alguns segundos depois, uma vibração me informa que recebi uma mensagem de voz. Já na primeira palavra, a voz do interlocutor desarma minha angústia. Retorno a ligação imediatamente.

– Clément, sou eu.

– Como você está? Pode me dizer a verdade.

Por quase uma hora, conto tudo a meu irmão. Tudo o que não contei antes para não o preocupar. Para proteger Jérémy, também. Eu não queria que pensassem mal dele. Meu irmão é uma das únicas pessoas que nunca sentiu alguma dúvida em relação a Jérémy. Temi sua reação quando fui para La Rochelle, mas ele me encorajou, talvez para me afastar da tristeza causada pela morte de nosso pai. Pensei em ligar para ele mil vezes. E mudei de ideia mil vezes. Eu era a irmã mais velha, que o protegia no pátio da escola, que lhe dava cobertura quando ele matava aula, que ficava nervosa quando ele não voltava para casa. Eu sabia que ele não telefonaria. Ele se comunica basicamente por mensagens privadas no Instagram. Instalei o aplicativo e criei uma conta só para segui-lo. Clément é um *globe-trotter*. Quando pequeno, ele dormia olhando para o globo terrestre iluminado que ficava ao lado de sua cama. Aos 18 anos, logo depois de se formar no colégio por insistência de nossos pais, ele caiu no mundo. Mochila nas costas, melhor amigo, e pronto. Quando ele voltou, um ano depois, minha mãe esperava que seu desejo de descoberta tivesse sido saciado, mas ele estava apenas começando. Faz dez anos que o vejo mais em fotografias do que em carne e osso, mas sua felicidade atravessa todas as telas. No Instagram, mais de cem mil seguidores aguardam seus vídeos de auroras boreais, montanhas avermelhadas, águas translúcidas e tempestades de areia.

— Como conseguiu meu número?

— Mamãe.

— Não conte nada a ela, está bem?

— Prometo. Ela acha que você só precisa de um pouco de ar, que tudo vai voltar ao normal. Mas não demore demais, ela precisa saber que será avó antes da criança fazer 20 anos!

Falo da barriga, que ainda consigo esconder com roupas três vezes maiores do que meu número. De meus medos quanto ao futuro do bebê. As palavras saem em rajadas, ele é a primeira pessoa para quem posso contar meu segredo, não consigo poupá-lo do estado de saúde de meu útero.

Ele me ouve com paciência, me interrompendo apenas para rir ou se comover. É tão bom ouvir sua voz, que, no entanto, me faz lembrar amargamente de todos os que estão longe.

— Volto para a França em três semanas, posso visitar você?

— Claro!

— Vou só passar por La Rochelle antes, para arrancar os dentes de uma certa pessoa.

Rio, mas proíbo que se intrometa.

– Já perdi bastante gente nessa história, Clément. Deixe comigo. Vou consertar tudo.

– Ah, falando nisso, já ia esquecer! Recebi uma mensagem da Mel no Insta. Ela me pediu seu número novo. Foi por isso que perguntei para mamãe se você tinha mudado de celular. Posso passar para ela?

40

JEANNE

Jeanne esperava as cartas tanto quanto as temia. Elas ressuscitavam Pierre por alguns minutos e, consequentemente, a ela também. A contrapartida era a dor da ausência quando chegava a última palavra. Por mais que ela as relesse, de novo e de novo, a magia só funcionava da primeira vez.

A carta daquele dia, como a anterior, reacendeu uma lembrança esquecida. O mistério que cercava aquelas mensagens era absoluto. Quem poderia conhecer aqueles episódios, tão insignificantes, que não tinham marcado a memória de Jeanne, mas eram tão característicos de sua história com Pierre? Ela via com clareza, agora que lia preto no branco: o amor deles não conhecera grandes euforias, mas fora uma sucessão de pequenos momentos de felicidade.

Primavera de 2012

É o último dia de trabalho de Pierre. Essa noite, depois de mais de quarenta anos dando aulas de inglês a alunos mais ou menos interessados, ele estará oficialmente aposentado. Ele sempre exerceu a profissão com paixão e rigor, convencido de sua utilidade. Jeanne, que está aposentada há alguns meses, sabe como a sensação de não servir para nada, combinada ao tédio, pode ser deprimente. Ela está feliz que o marido se juntará a ela em seus longos dias sem despertador ou ritmos externos. Para celebrar o acontecimento, ela organiza uma surpresa. Por várias semanas, com a ajuda da irmã, adepta das tecnologias e redes sociais, Jeanne entra em contato com os alunos que, ao longo dos anos, marcaram a vida de seu marido. Todos aceitam gravar um vídeo para o ex-professor. Pierre se comove até as lágrimas. Até o fim da vida, não se passa um mês sem que ele assista àquele vídeo, avaliando a quantidade de amor necessária para se pensar num presente daqueles.

Jeanne ficou com a carta entre as mãos por vários minutos, para não romper aquela ponte com a outra margem. Quando voltou totalmente para o presente, guardou-a na gaveta da mesa de cabeceira junto com as outras. Depois, sentou-se na frente da máquina de costura. Era um modelo antigo, manual, que precisava ser manejado com delicadeza para não romper o fio ou travar a agulha, mas ela o conhecia muito bem e sabia tirar seu melhor. Quando Iris lhe falara da mulher na cadeira de rodas, uma pequena chama se acendera dentro de Jeanne. Ela pedira aos dois inquilinos que buscassem seus materiais no porão, mas não revelara suas intenções. De maneira casual, ela perguntara a Iris o tamanho de sua amiga. Depois, desenhara um molde. Em poucos minutos, os automatismos se desentorpeceram e os gestos voltaram.

Por mais de quarenta anos, Jeanne trabalhara para a marca Dior. Ela começara aos 20 anos, graças a uma amiga de sua mãe, que notara sua paciência e seu talento. Com o passar dos anos, ela passara de aprendiz de costureira a responsável pelo ateliê. Ela gostava tanto de alfaiataria quanto de alta-costura e roupas desestruturadas, tanto de padronagens quanto de bordados ou *assemblage*; gastara seus olhos e dedos, tinha costurado, descosturado, recosturado e redescosturado, colocando sua paciência a duras provas, mas sua paixão continuava intacta. Cada peça exigia dezenas, e mesmo centenas de horas de trabalho em equipe. A exibição da peça final sempre provocava um frisson colegial. A aposentadoria fora tanto uma alegria quanto um sacrifício. Ela poderia passar mais tempo com Pierre, mas sentiria falta da atmosfera tão particular do ateliê. Para compensar, ela a recriara em casa, no segundo quarto. Em sua carreira profissional, Jeanne só lamentava uma coisa: não ter conhecido pessoalmente Christian Dior, que morrera muitos anos antes de sua chegada.

Depois de uma hora, Jeanne parou. A obra estava pronta. Ela fizera três peças para aumentar as chances de preencher as expectativas da destinatária. Esperou o retorno de Iris ao fim do dia como uma criança espera o Papai Noel. Fazia tempo que não se sentia tão empolgada.

— Iris, costurei uma coisinha para sua amiga — ela anunciou antes que a porta se fechasse.

Ela fez com que a jovem se sentasse no sofá e apresentou as roupas, uma a uma:

— Busquei algumas informações junto a uma associação, para satisfazer as necessidades específicas do vestir-se em cadeira de rodas. A calça tem uma cintura elástica alta nas costas, mais adaptada para a posição sentada. Ela não tem bolsos, que poderiam criar pontos de desconforto. Usei algodão com elastano. Para o vestido, usei botões de pressão, mas posso substituir por velcro se for mais prático. A abertura pode ficar na frente ou atrás, e o comprimento é suficiente para cobrir as pernas. A última peça é uma capa, que pode ser vestida pela cabeça. Ela também pode ser fechada pela frente ou por trás, caso seja colocada sozinha ou com a ajuda de outra pessoa. Usei gabardine, um tecido mais encorpado e adequado para a chuva e para o frio. Acrescentei um capuz com cordão. Pronto, não sei se é uma boa ideia, espero que não ache que estou me intrometendo, mas quando me falou da dificuldade de sua amiga, pensei que eu talvez pudesse ajudar.

Jeanne não precisou esperar por uma reação de Iris, que começou a chorar e soluçar agradecimentos e elogios. Jeanne, que não esperava tanto, não conseguiu conter as lágrimas, e foi com esse espetáculo transbordante de alegria que Théo se deparou ao chegar.

41

THÉO

Eu gosto das duas velhinhas, não é esse o problema. Mesmo assim, elas podiam parar de chorar por qualquer coisa e me dar uma folga. É um festival de lágrimas, nesse ritmo a humanidade ficará submersa. Hoje, ao voltar do trabalho depois de um dia pesado, encontrei a dupla chorando no sofá. Pareciam um chafariz, quase atirei uma moeda para fazer um pedido. Elas pararam quando me viram e começaram a rir. Já vi gente estranha nessa vida, mas essas duas são de outro mundo.

Dou um alô de longe e vou direto para o quarto. No trabalho, recebi uma ligação da clínica de minha mãe. O enfermeiro me deixou uma mensagem, ela teve uma embolia pulmonar durante a noite, está hospitalizada. Liguei assim que recebi a mensagem, e enquanto esperava pensei de tudo. Quando o enfermeiro me disse que seu estado era estável, fiquei aliviado, mas depois fiquei triste. Um dia vão me ligar para dizer que ela se foi, e eu vou sofrer terrivelmente, porque significará que nunca mais haverá esperança, que nunca mais haverá perdão, que nunca mais terei uma mãe, mas ficarei feliz por ela, porque estará livre. Livre de um corpo apagado. Livre dessa vida pesada demais para ela. Poucas vezes ela me falou de sua infância, e qualquer um em seu lugar teria feito o mesmo que ela e se anestesiado, para não ter que conviver com aquelas lembranças.

Vou visitá-la quando ela tiver saído do hospital – dentro de alguns dias, segundo o enfermeiro.

Fico um pouco no celular, vejo vídeos inúteis, espero que o tempo passe e leve com ele meu humor sinistro.

Jeanne vem me dizer que preparou um gratinado de tupinambo, pronto em trinta minutos. Não sei o que é, e o nome não inspira muita confiança, mas estou com fome e confesso que prefiro comer com elas do que com meu celular.

Tenho tempo de tomar um banho. Separo uma cueca e uma camiseta e vou para o banheiro. Iris toma banho de manhã, Jeanne depois que saímos, eu à noite. A coisa se organizou sozinha. Abro a porta sem perceber que a luz está acesa.

– AAAAAAAAAAAAAAAAAAH! – Iris grita, pelada embaixo do chuveiro.

– AAAAAAAAAAAAAAH VOCÊ! – grito ao ver sua barriga saliente.

Ela me empurra como um dominó contra a porta, que se fecha, estamos juntos no cômodo minúsculo, sou obrigado a olhar para o teto para não dar de cara com um par de seios, uma bunda ou, pior ainda, uma barriga de grávida. Jeanne bate à porta:

– Tudo bem?

– Sim, sim – Iris responde. – Pensei ter visto algo, mas me enganei.

– Superverossímil – murmuro. – Você está grávida?

Ela se enrola numa toalha:

– Não.

– Ah. Então sinto dizer que engoliu uma melancia.

Ela não responde e me expulsa do banheiro.

Volto para o quarto pensando que o mundo está cheio de gente estranha. Quando eu era pequeno, os psicólogos e os professores queriam que eu fosse absolutamente como os outros, apesar de minha situação. Parecia importantíssimo para eles: bastava eu fazer algo estranho, bastava eu pisar fora da linha, pronto, eles me chamavam e faziam de tudo para me puxar para dentro. Mas, quanto mais velho eu fico, mais tranquilo me sinto. Acho que, na verdade, a norma é não ser normal.

Passamos à mesa vinte minutos depois. Iris está de cabelos molhados e eu também. Assim que sentamos, ela diz que tem um anúncio a fazer.

42

IRIS

Três pares de olhos me encaram com atenção. Pela primeira vez, Boudine é a que menos me impressiona. Imaginei essa conversa dezenas de vezes, e ela parecia mais fácil dentro da minha cabeça. Pensando bem, é apenas a segunda vez que vou falar sobre isso em voz alta.

— Estou grávida.

— Mas… como? – exclama Jeanne.

Théo aproveita:

— Bom, o papai planta a sementinha na barriga da mamãe e empurra bem fundo com seu pintinho.

Jeanne solta o garfo:

— Obrigada, meu jovem, sou mais experiente no assunto que você. Iris, há quanto tempo está grávida?

— Vou completar seis meses.

— Então já estava quando chegou aqui?

Confirmo com a cabeça:

— Sinto muito, Jeanne. Eu devia ter contado desde o primeiro dia, mas fiquei com medo de que não me alugasse o quarto. Depois, fiquei esperando a hora certa. Pensei em contar várias vezes, mas não sabia como começar.

Jeanne me encara sem abrir a boca. Seu olhar é impenetrável. Ela se levanta e recolhe o prato, que ainda está cheio.

— Tudo bem, ela aceitou bem – diz Théo, zombeteiro.

— Desculpe ter mentido para você também.

O sarcasmo dá lugar ao espanto. Ele arregala os olhos e esboça um pequeno sorriso.

– Não se preocupe. Você está numa situação difícil. Não a culpo.

Vou até a cozinha atrás de Jeanne. Ela esfrega uma panela com frenesi. Suas costas estão curvadas, é a primeira vez que aparenta a idade que tem. Boudine está deitada a seus pés.

– Sinto muito mesmo, Jeanne. Não gosto de mentir. Mas não tive escolha. Espero que me perdoe.

Ela inspira profundamente:

– Pensei que já tivesse superado – ela murmura.

– Do que está falando?

Ela solta a esponja, seca as mãos e olha para mim:

– Por mais que eu tente, que eu tente de verdade, e mesmo quando é alguém que amo profundamente, sempre que me anunciam uma gravidez, a tristeza supera minha alegria.

Lembro-me do berço no porão, do urso de pelúcia, das nuvens no papel de parede de meu quarto, e entendo.

– Vocês não tiveram...

– Não. Tentamos de tudo. É minha grande tristeza. Pensei que, com o tempo, passaria. Não se preocupe, em poucos dias estarei melhor.

Ela se interrompe por um segundo, depois continua:

– Você pode ficar aqui o quanto quiser, Iris. Não farei perguntas, mas, se um dia quiser me contar, serei toda ouvidos.

Ela enxuga as lágrimas que escorrem por suas bochechas. Mal consigo conter as minhas. Théo abre a porta da cozinha, com o prato vazio na mão:

– Aceito um pouco mais desse *tupicoisa*. Ah, não, de novo não! Nunca vi uma coisa dessas, já está virando incontinência lacrimal.

Jeanne ri e lhe serve um pouco mais de gratinado. É uma cena comum, pessoas juntas numa cozinha, num dia de semana; no entanto, vendo-a de fora, pela primeira vez em muito tempo me sinto bem.

43
JEANNE

— A pequena está grávida — anunciou Jeanne, sem nenhum preâmbulo.

Ela sabia que Pierre gostava daquele tipo de novidade e estava com pressa de contar tudo a ele. A vida dos outros, e mais exatamente suas surpresas, embora não fosse o assunto preferido entre eles, aparecia em lugar de destaque nas conversas.

— Reagi mal — ela continuou. — Logo me recuperei, mas a pequena deve ter ficado chateada mesmo assim.

Jeanne guardava uma lembrança viva do anúncio da gravidez de sua colega Maryse. As duas eram próximas, a amizade se consolidara com o passar dos anos, mas Jeanne fora a única a não a parabenizar calorosamente. Enquanto todos abraçavam a amiga e lhe desejavam tudo de bom, Jeanne alegara um mal-estar súbito e fugira, voltando só três dias depois, uma vez passada a euforia — e sua tristeza. A culpa tornava as coisas ainda mais difíceis. Ela se culpava por ser incapaz de se alegrar com a felicidade dos outros. Era mais forte que ela. A tristeza ocupava todo o espaço. Os outros tinham o que ela não conseguia ter.

A sombra do desejo de um filho pairara sobre toda a vida de Jeanne. Quando pequena, sua mãe lhe dera uma boneca de porcelana, que ela chamara Claudine. Ela a trocava, alimentava e ninava como se fosse um bebê de verdade.

Sua adolescência fora uma interminável espera. Ela lia contos de fadas pensando que um dia seria daquelas que "se casavam, viviam felizes para sempre e tinham muitos filhos".

O encontro com Pierre transformara o desejo em projeto. Por quinze anos, eles se dedicaram a gerar uma vida. Seguiram muitos conselhos: pensar menos no assunto, relaxar, só fazer amor em certos períodos ou em certas posições, privilegiar alguns alimentos. Eles tinham consultado especialistas, generalistas, magnetizadores, padres, eles tinham tido muitas esperanças, seguidas de insondáveis desilusões, eles tinham se unido, desunido, afastado, reaproximado, eles tinham contado os ciclos, os dias, os comprimidos, os sintomas, os minutos. Eles tinham mobiliado e decorado o terceiro quarto. Jeanne tinha invejado, terrivelmente, excessivamente, as mulheres que viam a barriga crescer, enquanto a sua permanecia desesperadamente vazia.

A hora do "tarde demais" infelizmente soara. O fim das esperanças e dos planos, mas o início de uma infinidade de lamentos. Chorar pelo que nunca acontecera e nunca aconteceria. Eles precisaram preencher o vazio deixado pelo fim da esperança. Encontrar outras fontes de realização e alegria, criar uma família diferente da planejada e tentar pensar o mínimo possível naquela vida que teria sido, se...

A falta de um filho tinha sido a pedra fundamental da vida de Jeanne.

– Pensei que estava recuperada, meu amor. Mas, agora que você não está mais aqui, estou sozinha para carregar essa ausência.

Jeanne demorara para entender sua irmã Louise, que não quisera ser mãe. Os pais, as tias, os professores, os amigos, todo mundo tentara convencê-la, vendo naquela decisão uma incongruência. Mais tarde, o pensamento de Jeanne mudara. Ela descobrira por experiência própria que nem toda mulher tem a vocação de ter filhos, e que a pressão que recebia nesse sentido era sufocante. Quantas vezes Louise e ela tiveram que responder à pergunta "e o bebê, é para quando?", cada uma com suas próprias razões para achá-la insuportável.

Para não se despedir de Pierre numa nota negativa, Jeanne começou a falar sobre a roupa que começara a costurar e sobre recuperar aquele prazer. Depois ela falou do delicioso *paris-brest* que o garoto a fizera experimentar.

Ao ir embora, depois de se despedir de Simone, que conversava com um recém-chegado, Jeanne se deu conta de que, pela primeira vez, não precisara de anotações para saber o que falar.

44
THÉO

Sempre que entro no quarto de minha mãe, coloco uma música. Quando ela veio para cá, eu trouxe o aparelho de som e seus CDs. Ela adorava ouvir música, o tempo todo. Ela escolhia o que ouvir em função de seu humor. Quando eu voltava da escola, sabia em que estado a encontraria só de apurar o ouvido. Se fosse Barry White, ABBA ou Marvin Gaye, ela estaria feliz, a casa estaria arrumada, ela estaria dançando, cantando e me abraçaria com força, me chamando de "bebê". Se fosse Nina Simone, Joni Mitchell ou Ella Fitzgerald, ela estaria sentada à mesa, com os olhos fixos no vazio, as bochechas pretas de rímel, diante de uma ou duas garrafas.

Eu só trouxe as músicas alegres, ela já chorou o suficiente por uma vida inteira. De todo modo, não sei se ela ouve, nem mesmo se consegue escutar. No fim, acho que é para mim mesmo que coloco a música. É como um laço entre nós, uma coisa de antes.

Uma auxiliar de enfermagem entra no quarto e cantarola uma canção de Barry White. Ela me explica que o coágulo da embolia foi reabsorvido, que minha mãe está em tratamento, que ela vai conseguir. Vejo o corpo deitado na cama, as pálpebras fechadas, os lábios brancos, e penso que, talvez, fosse melhor que ela não conseguisse.

– Preciso fazer a higiene, quer ficar?

Não vamos forçar a barra. Estou disposto a muita coisa, mas tudo tem limite. Aproveito para sair e fumar um cigarro. Nunca fumo tanto quanto nos dias de visita à minha mãe.

Não estou sozinho, há duas pessoas no terraço. Reconheço familiares de pacientes. Aqui dentro, ficamos em apneia. Se não saímos para tomar um pouco de ar, não aguentamos.

Quando volto para o quarto, minha mãe está na poltrona e a música parou de tocar. Coloco ABBA e me sento à frente dela. Na parede, o texto que eu tinha afixado e algumas fotografias. Sou a única pessoa que a visita. Todos os seus amigos continuaram na vida de antes. Há fotografias dela, muitas, algumas minhas, e duas de seu outro filho. Ele está bem pequeno, não encontrei outras, mais recentes. Seu pai tem a guarda exclusiva. Mal o conheci. Eu tinha 8 anos quando minha mãe me disse que eu teria um irmãozinho. Eu estava no abrigo. Briguei por dias a fio, fiquei furioso, até bati no idiota do Johann que, pela primeira vez, não tinha feito nada. Eu não entendia por que ela queria outro filho se podia ter a mim e não ficava comigo. Ela me buscou um tempo depois, a justiça deixou porque ela tinha parado de beber e tinha uma casa com o namorado e o bebê. Ele estava com 6 meses. Tentei não o amar, odiá-lo por ter tirado de mim o que me pertencia, mas não consegui. Ele ria sempre que eu abria a boca, me seguia por toda parte, e aprendeu a dizer meu nome antes de papai ou mamãe. Dormíamos no mesmo quarto, comíamos os quatro à mesa, éramos uma família – em todo caso, de dentro parecíamos muito com uma. Marc, o namorado, era legal, ele me obrigava a fazer os deveres e me levava a jogos de futebol. Era a primeira vez que eu tinha um pai desde que o meu morrera, logo depois que nasci. Enfim, a vida da família perfeita durou um ano. Minha mãe recaiu. Marc esperou alguns meses e acabou indo embora, quando entendeu que ninguém poderia competir com uma garrafa. Ele disse que se informaria sobre me levar junto, mas eu não quis abandonar minha mãe. Depois, o serviço social me enviou para o abrigo. Marc e meu irmão me visitaram várias vezes, até que um dia eles se mudaram, as cartas se tornaram mais esparsas, eu parei de abri-las, fim da história.

Quando volto ao apartamento, estou no humor Nina Simone. Iris e Jeanne estão na sala, vou direto para o meu quarto, sem cumprimentá-las. Estou com dor de estômago e preciso me deitar. Mas não tenho nem tempo de tirar o casaco, alguém bate à porta. É Iris, que me convida para jogar uma partida de Scrabble com elas:

— Não, obrigado, não estou com vontade.

— Ah, venha! Estou levando uma surra, seria bom recomeçar do zero.

— Eu disse que não estou com vontade.

— Tudo bem, vai ficar sem sobremesa — ela diz, rindo.

— Não estou nem aí para a sobremesa. Me deixe em paz.

— Tudo bem, pode ficar tranquilo. Eu estava brincando.

Melhor parar agora mesmo. Eu sei. Não é com ela que estou zangado. Mas é ela que está na minha frente.

— Não tenho que dar satisfações para uma garota que faz um filho sem pai.

Seu rosto fica vermelho:

— Quem você pensa que é para me julgar? QUEM VOCÊ PENSA QUE É?

— Não enche o saco.

— Uau! Que grande argumentador, hein? Parabéns, impressionante.

Jeanne ouve nossos gritos e entra no quarto com uma expressão preocupada. Ela olha para um de cada vez, avança na minha direção e, antes que eu tenha tempo de me defender, me envolve num abraço.

45

IRIS

Marcamos de nos encontrar num café. Chego primeiro, escolho uma mesa e abro o Instagram para passar o tempo. Meu irmão está na Patagônia. As paisagens são magníficas e os habitantes parecem acolhedores, mas, apesar das experiências de Clément, nunca tive gosto por viajar. Gostei das raras viagens que fiz, mas nunca fiquei triste de voltar para casa. Sou um gato castrado: nunca me afasto demais de meu sofá.

– Oi, Iris.

Mel se senta à minha frente. Instantaneamente, a angústia que me invadia ao pensar naquele encontro se dissipa. Ela me enviara uma mensagem no dia seguinte à ligação de meu irmão, me convidando para conversar. Eu a conheço tão bem que adivinho, por trás de sua máscara de indiferença, a alegria de me reencontrar.

– Sinto muito, Mel.

– Eu também. Eu deveria ter entendido.

– Nem eu mesma tinha entendido.

– Sabia que ele me ligou?

Meu coração para de bater.

– Supostamente para me pedir um conselho a respeito de um litígio – ela acrescenta. – Ele não me disse que você tinha ido embora. É muita audácia. Dois anos sem ter notícias de vocês e ele aparece de repente, como Nossa Senhora na gruta de Lourdes. Que imbecil.

Ela franze o cenho:

– Agora posso chamá-lo de imbecil?

Eu rio:

– Está sendo boazinha demais.

– Senti sua falta.

– Senti sua falta também.

Passaram-se duas horas que pareceram dez minutos. A cumplicidade volta como se nunca tivesse sido podada. A relação é retomada onde foi deixada. Mel me fala do escritório onde trabalha, dos casos que defende, de Loïc, do apartamento no 6º arrondissement, de Marie, de Gaëlle, dos pais, de antes. Ela quer ouvir todos os detalhes de minha partida, de minha história com Jérémy.

– Você sabe que ele vai continuar procurando você, não é? – ela me pergunta antes de ir embora.

– Sim.

– Estou fazendo *aikido* há seis meses, posso arrancar os colhões dele.

– Se ele tivesse, com certeza.

Ela cai na gargalhada.

– Você deveria prestar queixa contra esse maluco, Iris, solicitar uma medida restritiva.

– Talvez as coisas se acomodem. Ele vai acabar passando para outra coisa. Ele não tem motivo algum para me imaginar em Paris. Escolhi a cidade mais povoada, sou uma agulha no palheiro.

Ela acaba mudando de assunto, não sem antes desfiar um rosário de insultos. É sua maneira de aliviar o estresse, uma espécie de vômito melhorado. Antes de ir embora, ela contorna a mesa e me abraça. Eu não tinha dito nada sobre a vida que crescia dentro de mim. Guardei o melhor para o fim.

– Mas o que é isso? – ela exclama, olhando para a barriga.

– Não sei, acordei assim.

– Caramba! Vou ser tia!

Ela me abraça de novo e me felicita uma dezena de vezes, antes de anunciar que melhor meu filho ser menos imbecil que o pai.

De volta ao apartamento, sinto-me como que acordando de uma longa hibernação. A solidão tinha se tornado minha única amiga. Reencontrando Mel, reencontro a mim mesma.

Subo as escadas com a firme intenção de comer o *éclair* de café que ganhei de Théo ontem à noite, um pedido de desculpas por sua reação. Quase o releguei à categoria de pequenos imbecis, mas ele me explicou que tinha passado um dia complicado. Ele não disse mais nada, mas não precisou. Às vezes seu olhar reflete a escuridão daqueles que viram as trevas de perto.

Estou quase chegando ao terceiro andar quando um toque em minha bolsa me alerta de uma nova mensagem. Uma mensagem de Mel, imagino, e pego o celular sem pensar. Quase caio para trás quando reconheço o número do remetente.

"Meu anjo, onde você está?"

Ele conseguiu meu número.

46

JEANNE

Jeanne estava saindo para ir ao cemitério quando Victor a interceptou:

– Senhora Perrin, poderia passar aqui um instante, por favor?

Ela olhou para o relógio, preocupada: o ônibus sempre passava na hora, ela não podia se atrasar se não quisesse ter seu tempo com Pierre amputado.

– Coisa rápida – tranquilizou-a o zelador.

Ela o seguiu até seu apartamento, que ficava no térreo, de frente para o pátio. Boudine cheirou todos os cantos, como sempre. Victor deixava no chão, de propósito, os petiscos do gato, cego e paralisado das pernas traseiras. O pobre animal só continuava vivo graças a várias operações e um tratamento que poderia ter feito o coração de uma pedra bater. Victor reconhecia seu apego pelo gato, mas tinha uma excelente explicação: encontrara o siamês deitado em seu tapete quatro anos antes, quando voltava do hospital onde sua adorada mãe acabara de morrer. Ele quase o expulsara, mas notara seu estrabismo. O mesmo de sua mãe. Victor não precisara de muitos ajustes em sua fé católica para se convencer de que a mãe retornara com quatro patas.

– É a respeito da moça que mora com a senhora.

– Iris? – espantou-se Jeanne.

O homem assentiu e abriu um sorriso que deixava poucas dúvidas sobre a continuação da conversa.

– Eu gostaria de pedir desculpas por sua queda na escada. Se eu não tivesse encerado os degraus, isso não teria acontecido.

– Acho que ela já superou o incidente. Preciso ir, Victor.

– A senhora acha que ela gosta de flores?

Jeanne se soltou e colocou a mão afetuosamente no ombro do zelador:

– Acho que ela está passando por uma fase bastante caótica. Um buquê de flores certamente cairia bem, mas não espere nada em troca.

Victor sorriu:

– Está bem, entendi.

Ele acompanhou Jeanne até a porta do prédio e, antes que ela se afastasse na direção do ponto de ônibus, perguntou se chocolates poderiam ser mais interessantes.

Jeanne precisou correr para pegar o ônibus. As portas se fechavam quando ela entrou. Ela levou alguns minutos para recuperar o fôlego, mas ninguém se dignou a lhe ceder um lugar para sentar. Ela não se importou: logo estaria com Pierre.

Simone estava no banco quando Jeanne chegou, mas não estava sozinha. A seu lado, numa conversa visivelmente animada, havia um homem barbudo. A visão de Jeanne já não era muito boa de longe, mas ela teve a impressão de que era o mesmo com quem Simone conversava alguns dias atrás. Ela se aproximou para cumprimentá-los.

– Jeanne, esse é Richard – Simone declarou solenemente. – Richard é viúvo de Mathilde, que descansa no túmulo ao fim da alameda.

Depois, virando-se para Richard:

– Essa é Jeanne, de quem lhe falei, a viúva de Pierre.

Jeanne não soube o que responder a essa apresentação, que lembrava os passeios escolares da infância, época em que os adultos não tinham nome e eram "a mamãe de" ou "o papai de". Ela inclinou a cabeça educadamente, depois foi para junto do marido, feliz por ter duas anedotas saborosas para contar.

47
THÉO

Estou trancado no quarto há dez minutos, não ouso sair. Um pouco por medo, muito por vergonha.

Fazia dias que Iris me pedia para eu ensiná-la a preparar uma *charlotte* de pera e chocolate. Então voltei para casa com todos os ingredientes e sugeri passarmos para a cozinha. Iris ficou contente, Jeanne ficou contente, Boudine ficou contente, eu fiquei contente, talvez a *charlotte* de pera e chocolate fosse a solução para a paz mundial.

Encarreguei Iris de descascar as peras e disse a Jeanne que ela molharia os biscoitos, ela riu, não entendi por quê. Me preparei para começar a musse quando o drama em três atos começou.

Iris disse "me cortei".

Jeanne disse "é profundo".

Eu disse "bye bye".

Corri para o quarto sem olhar para trás, vai que seu dedo se perdeu nos biscoitos champanhe.

É mais forte que eu, tenho fobia de sangue desde sempre. Não consigo evitar: vejo uma gota de sangue e meu corpo para de funcionar. Quando eu era pequeno, meu nariz sangrava com frequência, eu via estrelas e, logo depois, caía no chão. Em geral, tudo que se refere à parte de dentro do corpo me enche de uma angústia terrível. Uma vez, um psicólogo tentou me ensinar a respirar pelo abdômen, para me acalmar. Por mais que eu dissesse que aconteceria o contrário, ele insistiu para que eu me concentrasse no ar que passava pela garganta, pelos pulmões. Ele não achou tão bom quando desabei no tapete do consultório. Nunca consegui brincar de Operando ou assistir aos episódios de *Era uma vez: O corpo humano.*

No colégio, tínhamos uma disciplina de Prevenção e Socorros Cívicos de Nível 1. Quando entendi que era uma formação em primeiros socorros, eu disse não, obrigado, mas pensei em minha mãe. Se alguém tivesse feito uma massagem cardíaca no dia do acidente, talvez seu cérebro não tivesse ficado sem oxigênio por tanto tempo. Então aceitei, e fui bem servido: hemorragia, parada cardíaca, AVC, queimaduras, feridas, não fui poupado de nada. Fiquei mais de olhos fechados do que abertos, mas passei.

Abro a porta do quarto. Não ouço nenhum som. Chamo Jeanne, nenhuma resposta. Saio devagar para o corredor, abro a porta do banheiro, um vidro de antisséptico e uma caixa de curativos estão em cima da pia. Chamo Iris, Boudine, nenhuma reação. Começo a me apavorar. Talvez tenha sido grave, elas foram para o hospital e eu as deixei na mão. Passo pela sala a caminho da cozinha. Ouço um cochicho antes de abrir a porta. Ainda bem, senão elas teriam me pegado. Acho que nunca vou esquecer essa cena. Iris e Jeanne deitadas no chão, de olhos fechados, cobertas de ketchup. Boudine não perde uma gota. Elas tentam ficar imóveis, mas vejo que estão rindo. Droga. Estou realmente começando a gostar dessas duas.

48

IRIS

Nadia está usando o vestido que Jeanne fez para ela. Serve perfeitamente e parece saído de um desfile de moda. No dia em que levei as roupas, o constrangimento falou mais alto. Nadia insistiu muito para compensar o trabalho de Jeanne, ou ao menos pagar pelo tecido, mas, no telefone, minha colocatária se manteve inflexível e aceitou receber apenas seus agradecimentos. Em desespero de causa, Nadia colocou em minha bolsa alguns bolinhos que tinha feito de manhã, e vi em seu olhar que eu não devia me opor a isso se não quisesse ser atropelada por sua cadeira de rodas.

– Minha capa causou sensação no grupo – ela me informa com um grande sorriso.

– No grupo?

– Meu grupo de apoio de esclerose múltipla. Nunca falei? Frequento desde que recebi o diagnóstico, assim posso conversar com pessoas que entendem do que estou falando. Me faz um bem enorme, ainda que, às vezes, seja difícil. Enfim, todo mundo adorou a capa. Algumas lojas especializadas vendem capas, mas não tão bonitas!

Ela estica o braço para pegar um copo em cima da mesa e o deixa cair na mesma hora, com uma careta.

– Está com dor?

– Torcicolo, devo ter dormido na posição errada.

– Quer que eu tente aliviar a dor?

– Sabe fazer isso?

Ajudo-a a deitar na cama e deixo minhas mãos reencontrarem o caminho perdido há meses. Manipulo suavemente seus músculos em posições não dolorosas, giro sua cabeça para a direita, para a esquerda e, com o passar do tempo, sinto a contratura ceder.

– O torcicolo é como uma grande cãibra – explico, massageando seus trapézios. – O método Jones é ideal para tratar a dor e recuperar a mobilidade.

Nadia ergue os olhos para mim:

– Iris, como você sabe tudo isso?

– Estudei fisioterapia.

– E por que não exerce a profissão?

Para não responder, ajudo Nadia a se levantar, ela gira a cabeça com precaução e parece ter recuperado a amplitude do movimento.

– Ainda está um pouco sensível, mas bem menos que antes! Meu lavabo está com vazamento, você também é encanadora?

– Claro! Posso fazer seu cabelo também, mas não aceito reclamações se não gostar do resultado.

Ela ri e tem a delicadeza de não insistir. Um dia, Nadia me disse saber que eu era uma das suas. Na hora, não entendi o sentido de sua frase, porém, mais tarde, depois de uma conversa sobre seu passado, ela disse: "Existe um laço invisível entre as mulheres que sofreram. Nós nos reconhecemos".

Ela não me pergunta aquilo que não quero responder. Um dia talvez eu me abra com essa mulher à qual me apego cada vez mais.

A porta se escancara de repente e o filho de Nadia entra correndo, com a mochila nas costas. Ele solta os materiais no chão, abraça a mãe e me olha como se fosse a primeira vez que me visse:

– Você tem um bebê na barriga?

– Não, comi muito chocolate.

O olhar de sua mãe se detém na altura de meu umbigo. Ela arregala os olhos e leva uma mão à boca:

– Ah, não acredito! Não percebi nada!

Não nego, não posso negar. Minha barriga está tão grande que eu poderia abrigar toda a família Kardashian.

– Você é casada? – Léo me pergunta.

Nadia explica que não se deve fazer esse tipo de pergunta a desconhecidos, ele responde que eu não sou uma desconhecida. Minha mente vai para longe, para um bolso interno de minha bolsa, para um aplicativo de meu celular, onde se acumulavam dezenas de mensagens de Jérémy.

49

JEANNE

Jeanne fechou os olhos e cheirou um galho de pinheiro. Com o poder de seu perfume, ele a transportou para a infância. Ela sempre gostou do Natal. Desde o primeiro dia do Advento, acompanhada de sua irmã, Louise, todos os seus pensamentos se dirigiam para uma única coisa: a véspera de Natal. Que significava a reunião de toda a família na grande casa de tia Adélaïde. Para conter a impaciência, ela enchia paredes e móveis de guirlandas e estrelas prateadas, que fazia com embalagens de chocolate guardadas para isso ao longo do ano. Na noite em questão, vinte pessoas se reuniam em torno do grande pinheiro. As mulheres preparavam o jantar em meio a um concerto de risadas, os homens se encarregavam de acender a lareira e cortar os ramos de azevinho que decorariam a mesa, enquanto Jeanne e os primos construíam e decoravam o presépio. Depois do peru, da sobremesa e das trufas de chocolate, todos colocavam os casacos e iam para a igreja assistir à missa do galo. Jeanne se comovia com a lembrança daquela noite. Os sete primos se dividiam em duas camas e prometiam aos pais que dormiriam – coisa que eles nunca conseguiam fazer, preocupados em surpreender o Papai Noel com a mão na massa. Eles acordavam às primeiras luzes da aurora para abrir os presentes colocados ao lado de seus sapatos. Um ano, Jeanne ganhou uma boneca que fechava os olhos quando deitada. Ainda a tinha, no alto do guarda-roupa de seu quarto. Ela valorizava ainda mais seus presentes porque, embora nunca tivesse acreditado naquela história de Papai Noel, imaginava o sacrifício que eles representavam para seus pais. Aqueles Natais ruidosos e felizes contrastavam dolorosamente com o silêncio que ela vivia agora. Felizmente, naquela noite duas solidões tinham se juntado à sua.

– Colocamos o azevinho? – perguntou Théo.

Jeanne pegou o ramo e o colocou no centro da mesa.

Era seu primeiro Natal sem Pierre. Ele gostava da data tanto quanto ela e, ao contrário do que ela temera por um tempo, a ausência de filhos não alterara em nada o prazer que eles sentiam. Eles costumavam percorrer as ruas de Paris para admirar as luzes da capital. A véspera de Natal era ocasião de prepararem um bom jantar e se mimarem um pouco. Encontrar novos presentes depois de várias décadas de vida em comum era um verdadeiro desafio, mas Jeanne e Pierre faziam questão de tentar. A satisfação de surpreender a pessoa amada, de ver seus olhos brilhando, era inigualável.

Jeanne tomou um gole de champanhe para dissolver a bola que se formara em sua garganta e se sentou à mesa. Iris e Théo tinham feito questão de preparar tudo, ela mal tivera o direito de entrar na sala. Não fora fácil.

– Quem abriu as ostras? – ela perguntou antes de limpar os pedaços de concha de sua língua.

– Eu nunca tinha feito isso antes, irmão! – se defendeu Théo.

– Irmão? – repetiu Jeanne, engasgando.

– Sinto muito, é uma maneira de falar, chamo todo mundo assim. Mas não sei como vocês fazem para comer essa coisa, nem Boudine quis provar, e isso que ela come meias sujas.

O prato principal foi recebido com menos reservas. O peru estava macio e as castanhas, bem temperadas.

– Não são nem dez da noite – Jeanne observou quando eles terminaram de comer. – Uma véspera de Natal digna desse nome não acaba antes da meia-noite. E se adiássemos a sobremesa com um jogo de tabuleiro?

– Ótimo – disse Théo, revirando os olhos. – Não podemos pular pela janela, em vez disso?

– É tão bom presenciar seu entusiasmo – reagiu Iris. – Deve ser a magia do Natal.

Théo aproveitou a ausência de Jeanne, que procurava um jogo no aparador da entrada, para mostrar o dedo médio a Iris. Ela lhe devolveu um sorriso inocente. Jeanne voltou com um tabuleiro redondo com o fundo forrado por um pano verde e cinco dados:

– Vamos jogar general! – ela sugeriu.

Nas duas primeiras partidas, Théo deu uma surra em suas adversárias e decretou que, na verdade, adorava aquele jogo. A sorte acabou virando e ele perdeu várias vezes. A meia-noite se aproximava quando Jeanne rolou os dados pela última vez. Cinco faces idênticas apareceram.

– General! – ela exclamou, erguendo os braços. – Ganhei!

– Tocou o terror – murmurou Théo.

Jeanne pensou ter ouvido mal:

– Tocou o quê?

– Tocou o terror. Deu PT.

– Meu Deus, acho que tive um AVC. Não entendo nada do que está dizendo.

Iris caiu na gargalhada:

– Ele quis dizer que está arrasado por ter perdido.

– Não perdi, fiquei em segundo. Você que perdeu.

– Se continuar, vou perder as estribeiras.

Théo e Jeanne riram da expressão de Iris, que mudou de assunto tirando dois presentes de uma sacola pendurada em sua cadeira. Ela estendeu um para cada:

– Não é grande coisa, mas feliz Natal!

Théo ganhou um pôster com todos os clássicos da confeitaria e Jeanne um travesseirinho para espetar as agulhas de costura. Os dois agradeceram e Jeanne correu até o quarto, voltando com dois pacotes.

– Uau! – murmurou Iris, visivelmente comovida, desdobrando um vestido longo preto.

Jeanne disse que era uma cintura império, perfeita para receber sua barriga até o fim da gravidez. Théo, por sua vez, ganhou um moletom cáqui e um avental. Ele agradeceu às duas e sacudiu a cabeça:

– Não comprei nada, sinto muito. Não costumo dar presentes de Natal nem receber. Mas é só pedir que trago a sobremesa que preparei.

Jeanne balançou a cabeça com ar reprovador:

– Está certo em pedir desculpas, irmão, você tocou o terror.

50

THÉO

É doida a quantidade de gente que celebra a chegada do novo ano como se fosse uma libertação ou algo do gênero, a quantidade de gente que realmente acredita que as coisas vão mudar. Minha mãe sempre aproveitava o *Réveillon* para beber loucamente, antes das resoluções de Ano-Novo, que ela nunca cumpria. No abrigo, todo mundo comemorava o Ano-Novo, organizávamos uma festa, era o acontecimento do mês, porque ninguém gostava do Natal. Eu bancava o blasé, convencido de que estava mesmo, então não sei por que me incomodo tanto de não ter com quem comemorar.

Estou na cama, vendo uma série no celular. Ouço uma batidinha na porta. Só pode ser Jeanne, Iris foi passar o *Réveillon* com uma amiga.

— Preparei vieiras e abri uma boa garrafa de vinho branco, você come comigo?

Ela usa um vestido de noite e maquiagem. Está bonita.

— Estou de calça de moletom — respondo.

— Fique como está. Vou pegar um pequeno acessório para você usar que vai mudar tudo.

Cinco minutos depois, sento à mesa de calça de moletom e camiseta, mas com uma gravata-borboleta preta no pescoço.

É a primeira vez que ficamos só nós dois. Não sei direito o que contar de interessante a uma velha senhora. De todo modo, ela fala por dois, o que sem dúvida quer dizer que está tão constrangida quanto eu. Ela me fala dos *Réveillons* passados com o marido; eles gostavam de ir a lugares onde havia bastante gente, restaurantes, festas dançantes, pouco importava, desde que houvesse multidões gritando "Feliz Ano-Novo" à meia-noite. Ela parece sentir falta disso, às vezes olha para o vazio, como se procurasse o passado.

Gosto dela. Sinto que não falta muito para que se torne alguém importante em minha vida. Ela não fez nada para isso, não tentou ser amada, ela é o que é, e isso não é comum. Ela se serve de novo, pela terceira vez, não consigo deixar de contar.

– Quer mais um pouco?

– Não, obrigado.

Sempre paro antes de ficar bêbado. Tentei me embebedar uma vez e gostei. Fiquei com medo.

– Meu marido e eu tínhamos um ritual – Jeanne diz. – A cada 31 de dezembro, escrevíamos num papel as coisas boas do ano e guardávamos a lista num pote de vidro em nosso quarto. Depois, em outro papel, escrevíamos todas as coisas ruins, que queríamos deixar no passado, e o queimávamos. Vamos fazer isso juntos?

Não sei o que dizer, a ideia não me incomoda, mas também não me dá vontade de pular de alegria. Digamos que tanto fez como tanto faz, então respondo que sim.

Enquanto escrevemos as coisas positivas, compartilhamos algumas. Meu trabalho e ter encontrado esse apartamento são minhas preferidas. E deixar o abrigo, embora isso também esteja um pouco na lista negativa. Jeanne me conta de uma viagem à Alsácia no início do ano e as semanas em que seu marido ainda estava vivo.

Enquanto escrevemos as coisas negativas, em contrapartida, não compartilhamos nada. Tenho a impressão de estar no colégio, coloco o braço em cima da folha para que Jeanne não cole, e vejo que ela faz a mesma coisa. Quando acabamos, dobramos as listas e queimamos tudo dentro da pia. Jeanne tenta esconder as lágrimas e enxuga os olhos antes que elas caiam. Eu finjo que não vejo, mas ela me dá pena, então dou um tapinha em seu ombro. Ela perde o equilíbrio, acho que não calculei direito minha força.

– Eu não disse a você, Théo, mas na lista de coisas positivas escrevi seu nome e o de Iris. Foi difícil tomar a decisão de recebê-los, mas estou muito feliz que estejam aqui. Você é um bom rapaz.

E então, não sei por quê, começo a soluçar como uma criança. Jeanne me abraça e é como se ela alimentasse a máquina de lágrimas, eu choro e choro, tenho a impressão de que nunca vou parar. É justamente por isso que sempre me impeço de começar.

Conto tudo a Jeanne. Minha mãe, o álcool, o abrigo, Manon, meu pai morto, o bebê de minha mãe, o acidente. Ela não diz nada, se contenta em me passar lenços de papel e acariciar minha bochecha, mas sinto que ela entende. Que ela entende *mesmo*. Isso me faz um bem incrível. É muito estranho, como se o mundo ficasse menos pesado, como se ela me ajudasse a carregá-lo.

À meia-noite, acompanhamos a contagem regressiva na televisão e nos desejamos um feliz Ano-Novo junto com Nikos Aliagas e Arthur. Vamos dormir logo depois. Um SMS me espera no celular.

"Feliz Ano-Novo, Théo! Desejo a você tudo de bom, saúde, dinheiro e sobretudo amor. Leila"

51

IRIS

Hesitei em aceitar o convite de Mel para o *Réveillon*. Tomei minha decisão quando percebi que meu principal obstáculo era o medo. Eu sabia que haveria vários convidados e que eu não conheceria ninguém. Não posso deixar que os outros se tornem um perigo. É o que repito para mim mesma há horas, mas, no momento de tocar a campainha, a coragem me deixa a ver navios.

Não tenho tempo de apertar o botão: a porta se abre e duas criaturas não identificadas pulam em cima de mim estourando meus tímpanos. Eu não esperava vê-las. Marie e Gaëlle, minhas amigas desde sempre, me cercam com seus braços e me abraçam com força.

– Não senti nenhuma saudade – diz Gaëlle.

– Não estou nem um pouco contente de ver você – acrescenta Marie.

Mel vem até nós com a sutileza de um elefante. A alegria dá uma surra em meu medo.

A casa está cheia de gente, mas estamos sozinhas no mundo. Colocamos em dia dois anos em duas horas, falamos rápido, rimos alto, nos tocamos, nos olhamos, para ter certeza de que estamos mesmo aqui, juntas, como antes.

– Que nome você escolheu? – Marie me pergunta.

– Tenho algumas opções, mas ainda não decidi.

– Vai ter que escolher uma madrinha – sugere Gaëlle, com um grande sorriso. – Não esqueça que minha filha é sua afilhada, se é que me entende.

Levanto as sobrancelhas:

– Não entendi… Está pensando em Mel ou em Marie?

– Pobre criança – ela suspira. – Nem nasceu e já está sendo maltratada.

Marie se inclina na minha direção:

– Você vai contar para ele?

Minhas três amigas aguardam minha reação. Como sempre que penso a respeito, sinto palpitações.

– Ele já sabe.

– E se ele pedir a guarda? Ou guarda compartilhada? – Mel me pergunta.

– Acho que não.

– Só para incomodar você, ele faria isso – diz Gaëlle.

Minha alegria se volatiliza, eclipsada pela angústia. As meninas percebem e se lançam numa competição para ver quem me faz rir primeiro. Marie e sua imitação tosca de Shakira vencem.

Amigos de Mel e Loïc se juntam a nós. Um deles não para de me encarar. Me sinto desconfortável. Tenho vontade de perguntar se ele me quer malpassada ou ao ponto.

– Vamos dançar? – ele me convida depois de vários minutos de observação.

– Não, obrigado, danço como um tronco de árvore.

Ele ri. Eu relaxo. Brigar não leva a nada. Os outros também não são um perigo.

– Você é amiga da Mel?

– Sim, amiga de infância. E você?

– Trabalho no mesmo escritório que Loïc. Você também é advogada?

– Não, trabalho como cuidadora.

É quase imperceptível, mas minha vigilância exacerbada nota sua mudança de atitude. Ele diz mais algumas banalidades e anuncia que vai buscar algo para beber.

– Não suporto esse cara – me cochicha Mel atrás de mim. –
É um porco, tem o cérebro no pau. Loïc insistiu em convidá-lo.

– Não se preocupe, eu estava sendo educada. Prefiro tatuar
uma bunda na cara do que começar um relacionamento agora.

– Quase meia-noite! – exclama Loïc.

Todas as vozes se unem para a contagem regressiva.
Reenceno mentalmente o ano que passou, com a vontade de
guardar apenas as coisas boas. Precisei procurar bem, me agarrar aos raios de sol quando a sombra chegou. Bater o pé com
firmeza para não naufragar e apreciar a plenos pulmões o ar da
superfície. No fim, vou guardar as coisas ruins também. Como
um intensificador da bondade, um negativo da beleza. Porque
também houve beleza nesse ano, como não. Sob meu umbigo,
essencialmente, no futuro que ele promete, nos sorrisos que
não se apagaram, nas presenças silenciosas. No ano que vem,
vou apreciar o ar na superfície, ver a luz das sombras, rir sob as
lágrimas, detectar a beleza mesmo quando ela está escondida.
Desejo a mim mesma a vida com todo seu sal.

FELIZ ANO-NOVO!

00h01
Nova mensagem.

"Nosso grande ano chegou. Não vejo a hora de ser seu
marido. Meus melhores votos, meu anjo."

JANEIRO

52

JEANNE

Jeanne seguiu todas as regras de boa educação que acompanhavam um novo ano com um prazer intacto. Ela escreveu votos de feliz Ano-Novo em cartões gentilmente oferecidos por uma associação para a qual fazia doações mensais e os enviou a uma lista que não mudava havia muito tempo: a prima Suzanne, o primo Jacques, sua médica, o oncologista que a tratara, a amiga Maryse, que fora viver no sul, os filhos de seus primos, as ex-colegas de trabalho. Ela passou para dar um abraço em Victor e recusou o café que ele lhe oferecera: queria desejar um feliz ano à irmã antes de visitar Pierre.

Ela sempre ficava apreensiva quando visitava a irmã. Por muito tempo, dera um jeito de não a visitar. Mas já não tinha nenhuma desculpa.

Louise descansava a duas alamedas de distância do túmulo de Pierre. Fazia cinco anos que morrera, mas Jeanne ainda não conseguia acreditar. Quando Jeanne adoecera, sua irmã fora, ao lado de Pierre, seu principal apoio. A mãe e a tia tinham sido ceifadas por um câncer de mama, por isso as duas irmãs faziam exames preventivos regularmente. Jeanne estava em remissão quando Louise descobriu um caroço embaixo da axila. Foi fulminante.

Jeanne passara a vida sem sentir falta de fazer amizades. O marido e a irmã bastavam para torná-la feliz. Ela gostava da companhia das colegas, algumas tinham se tornado íntimas, e ela gostava de conhecer pessoas novas, tecer alguns laços com aquelas que via com frequência, os lojistas, os vizinhos, mas seu núcleo era constituído por Pierre e Louise.

Jeanne tinha 2 anos quando Louise entrou em sua vida. Ela logo se tornara seu duplo, sua metade indispensável. Inseparável. A irmã menor seguira a maior até Paris, quando esta fora contratada. Conseguira um emprego no setor de alimentos do Bon Marché. O quarto que elas dividiam nunca lhes pareceu apertado. Ele era um casulo, um ninho no qual elas ficavam felizes de se encontrar toda noite, para dar risada e falar de tudo. Quando conheceram Pierre e Roger, o vínculo entre elas não foi afetado.

Algumas presenças se tornam certezas, pessoas que caminham tão perto, há tanto tempo, que se tornam um prolongamento de nós mesmos. Louise não era um membro da família de Jeanne, ela era um membro de Jeanne, como seus braços e suas pernas. Para viver, Jeanne precisava de oxigênio, de sangue e de uma irmã mais nova. Ela nunca teria imaginado que um dia seria privada de sua existência.

Jeanne pousou o vaso de urze ao pé da lápide. O nome de Louise estava escrito logo abaixo do nome de seu querido Roger.

– Bom dia, irmã querida – murmurou.

Quando Jeanne se afastou para ir até Pierre, foi atravessada por um pensamento apavorante. Ela convivia mais com mortos do que com vivos.

Simone estava sentada no banco, sem o novo amigo.

– Feliz Ano-Novo! – ela disse a Jeanne, que parou a seu lado.

– Obrigada, Simone. Desejo que tenha um bom ano, com boa saúde, acima de tudo, e amor, se assim quiser…

Ela lamentou na mesma hora ter dito a última parte da frase, mas Simone deu uma gargalhada sonora:

– Gosto de ocasionalmente ser cortejada, mas a coisa não irá longe. Meu tempo passou. Tenho 82 anos e é aqui que vivo meu amor, há quinze anos. Aliás, se me permite lhe desejar uma coisa…

Ela se interrompeu com um sorriso constrangido.

– Sim? – quis saber Jeanne.

– A senhora talvez me julgue indelicada, mas eu gostaria que alguém tivesse me dito isso quando ainda era tempo de mudar as coisas. E estamos no dia de fazer votos, não é mesmo? Então desejo que a senhora não venha aqui todos os dias. Cemitérios são para os mortos. A vida está do outro lado do portão.

53

THÉO

O retorno às aulas de caratê, depois de duas semanas de festas de fim de ano, é um suplício. Meu estômago ainda não acabou de digerir e meu cérebro só pensa no concurso de melhor aprendiz, que será em três dias. Não consigo me concentrar no que o professor diz, faço tudo errado, e o pequeno Sam ri. Aparentemente, ele perdeu o respeito no Natal. Estou mais para conversas e zombarias do que para ser o rei do tatame. Minha mãe dizia que, quando nasci, não foi uma fada que se debruçou sobre meu berço, e sim um palhaço. Quanto mais ela piorava, mais brincadeirinhas eu fazia. Ela quase sempre acabava rindo, mas quando ela não gostava a coisa fedia.

– Cinquenta flexões! – grita o professor.

Tenho a impressão de que ele olha para nós, mas, como ele é vesgo, olho para trás para ter certeza. Não há ninguém atrás de nós. Ele quer nos punir por atrapalhar a aula. Sam deita no chão e começa a fazer as flexões. Tento ignorar a ordem, como se não fosse comigo, talvez ele passe para outra coisa.

Ele se aproxima de mim com uma cara de assassino em série. Peço a minhas pernas que me tirem dali, mas aparentemente elas também se assustam. Ele para a alguns passos de mim.

– Acabou de subir para cem.

Não tenho escolha.

Sam já terminou quando começo. Ele me encoraja, mas depois de trinta flexões meus braços se despedem de mim, obrigado por tudo, foi legal, só que preferimos continuar sem você. Tenho a resistência de uma bicicleta.

O professor me parabeniza, não sei se está gozando de mim ou se está sendo sincero. Sam pisca para mim:

– Sinto muito, se eu soubesse que tinha bracinhos moles teria rido mais baixo.

– Puxa-saco.

Ele faz cara feia, dessa vez em silêncio.

No fim da aula, o professor vem me explicar que as artes marciais não devem ser praticadas com leviandade, que não são um simples esporte, mas um modo de vida, que o respeito é um dos pilares, e que as aulas nos fazem amadurecer.

Todo mundo já foi embora quando saio. Está frio, não sinto meus braços, mas preciso fazer uma coisa antes de voltar para casa. Um pequeno desvio.

No caminho, penso no concurso. Faz várias noites que não durmo. Philippe não para de me pressionar, sinto que, se não for selecionado, ele não vai aceitar muito bem. Fiquei sabendo que ele participou do concurso de melhor artesão da França, há anos, mas que não ganhou. Nathalie também está empolgada, ela fala do concurso para todos os clientes, conversa comigo numa voz melosa, como se eu fosse um chihuahua. E Leila. Tenho medo de desapontá-la. Vejo em seus olhos que ela acredita em mim. Eu já estava com medo antes, agora estou apavorado.

Entro na Rue Condorcet. Uma moto está estacionada na praça onde eu antes dormia dentro do carro. Já não lembro quantas noites passei aqui. Fico parado alguns instantes, depois dou meia-volta. A casa de venezianas azuis continua ali.

54

IRIS

Fazia tempo que eu não era abraçada com tanto ardor. Não sei como chegamos a esse ponto, estava escuro demais para eu distinguir seus traços, não sei seu nome, sinto primeiro seu hálito sobre meu rosto. Seus lábios quentes contra os meus. Insistentes. Sua língua lambendo minha boca. Meu nariz. Meu queixo. Meus olhos.

– Caramba, Boudine!

Deitada em cima de mim, a cachorra me tira de um sonho estranho lambendo todo o meu rosto. Quando vim para cá, há três meses, torci para me acostumar com ela, mas nunca pedi tanto. Virei sua melhor amiga. Ela me segue por toda parte e me olha de um jeito que muitas pessoas gostariam de ser olhadas, com um amor incondicional, quase suplicante. Não me incomodo, ainda que, às vezes, em alguns lugares, eu preferiria ficar sozinha com meu rolo de papel higiênico.

Devo ter deixado a porta entreaberta ao deitar. Eu bem que dormiria mais um pouco. Acabo de entrar no último trimestre de gestação e meu sono se torna mais leve à medida que a barriga cresce. Até agora, fui poupada das chatices que muitas mulheres grávidas vivem, mas meu corpo aparentemente estava esperando a reta final. O pacote completo. Acidez estomacal, pernas inchadas e cansadas, bexiga frenética, ciático, estrias e sumiço do períneo.

– Quer passear?

Boudine balança o rabo, vejo isso como um sim. Jeanne tinha um compromisso cedo essa manhã, não deve ter tido tempo de sair com ela.

Como a cada vez que desço a maldita escadaria, me agarro ao corrimão para não repetir a Surya Bonaly. Com o braço livre, levo Boudine no colo, os degraus são altos demais para ela, que, se caísse, acabaria virando uma peça de dominó. Quando chego ao térreo, estou com o rosto completamente lambido.

Caminhamos pelo bairro. Começo a ter minha rotina. Cheguei sem conhecer nada, agora me familiarizei com os barulhos, os cheiros, as fachadas. Sempre pensei que fosse resistente a mudanças, sempre pensei que "minha casa" fosse o lugar onde estivessem minhas lembranças e meus hábitos. Tomo consciência, agora, que "minha casa" é onde estou. Nesse bairro, nessa rua, nesse prédio, nesse apartamento e nesse quarto, que me eram estranhos, encontrei um lar.

Guiada pelo estômago, entro na padaria de Théo. Uma jovem está servindo um cliente, depois chega minha vez.

– Bom dia, quero uma *chocolatine*, por favor.

Ela me olha como se eu a tivesse insultado. Já constatei várias vezes o efeito dessa palavra nas pessoas que não vêm da região sudoeste da França.

– Não temos – ela responde com um sorrisinho. – Mas recomendo nosso *pain au chocolat*, é muito melhor.

Percebo seu senso de humor e entro na brincadeira:

– Um *pain au chocolat*? É um pão com chocolate dentro? Não, prefiro mesmo uma *chocolatine*, vocês têm umas lindas aqui.

– Posso lhe sugerir uma *raisintine* – ela diz, apontando para o pão com passas.

Théo, que reconhece minha voz, passa a cabeça pela porta dos fundos:

– Leila, essa mulher não é daqui. Ela vai pedir para ser servida numa *poche* e vai desejar a você uma *gavé bonne journée*.

Volto para o prédio com a *chocolatine* no bolso. O zelador está limpando os vidros.

– Ah, bom dia! – ele me cumprimenta. – Ainda não tinha visto a senhora esse ano, queria lhe desejar meus melhores votos. Saúde, trabalho, amor, felicidade, tudo isso!

– Muito obrigada, Victor, tudo de bom para o senhor também.

Ele me encara sorrindo, parado na frente da porta. Meu estômago ronca.

– Com licença, preciso passar.

Ele sai da frente, corando.

– A propósito – ele diz, quando entro –, seu nome não está na caixa de correio. Mas o carteiro deixou uma carta para Iris Duhin, é a senhora?

Estaco. Ninguém tem meu novo endereço. Pego meus contracheques diretamente na agência e transferi minhas correspondências para a casa de minha mãe.

Victor desaparece em seu apartamento e volta alguns segundos depois com uma caixa de chocolates e um envelope.

– Não é muita coisa – ele murmura, me entregando as duas coisas –, mas queria lhe oferecer um docinho.

Agradeço distraidamente pelo gesto, interessada apenas na carta. Fico muito aliviada ao reconhecer a letra de minha mãe. Abro o envelope sem pensar, enquanto Victor acaricia Boudine. Dentro, encontro um cartão de feliz Ano-Novo, ao qual foi colado um post-it.

Hesitei em enviá-lo, mas este cartão chegou
aqui em casa para você. É de Jérémy.
Não leia se não quiser.
Beijos, mãe.

O cartão tem a imagem de um cervo dourado na neve, com a frase "Melhores votos".

Meu anjo,
Estou contando os minutos que nos separam
de nosso casamento. Não vejo a hora de estarmos
unidos para sempre. Entendo suas dúvidas,
elas são legítimas antes de um compromisso como esse.
Me ligue, ficará mais tranquila.
Amo você mais do que tudo.
Jérémy

55

JEANNE

Quando entrou em casa, Jeanne encontrou Iris mordiscando um *pain au chocolat*. Ela ficou aliviada de não ter que responder a nenhuma pergunta sobre sua suposta hora no oftalmologista, pois nunca soube mentir. Ela preferia omitir suas visitas ao médium, não queria que a convencessem a parar de ir. As sessões pesavam em seu orçamento, mas ela conseguira um preço interessante por várias joias de ouro. Na joalheria, quase desistira de vendê-las. Algumas tinham um valor sentimental, como sua medalha de batismo ou uma aliança que Pierre lhe dera, mas ela preferia conservar um laço com o marido no presente do que objetos do passado.

Ela trocou algumas palavras com Iris, que não parecia mais disposta do que ela para uma conversa, e foi para o quarto, com a mão dentro do bolso do casaco, segurando o envelope que acabara de receber.

As cartas se tornaram mais raras nos últimos tempos. Por isso mesmo, mais preciosas. Ela se sentou na poltrona ao lado da cama, colocou Boudine sobre os joelhos e começou a ler.

Inverno de 2015

Jeanne acaba de sair da última sessão de quimioterapia. Há meses ela luta contra um câncer de mama. Pierre a acompanha em todas as sessões, em todos os exames, em todas as consultas. Pela primeira vez desde que seus cabelos começaram a cair, Jeanne sai sem a peruca. Os fios voltaram a crescer, e ela decidiu parar de pintá-los.

Eles têm uma linda cor cinza prateada. Jeanne e Pierre voltam a pé do hospital, a caminhada faz um grande bem a Jeanne, que sabe que terá vários dias de difíceis efeitos colaterais pela frente. No caminho, encontram uma vizinha, a senhora Partelle. Ela sabe que Jeanne está doente, mas não consegue conter uma observação sobre seu corte de cabelo, que ela considera masculino. Jeanne não ousa responder, não é do seu feitio. Tampouco do feitio de Pierre, mas ele fica ofendido com o ataque à sua mulher e responde na hora: "É preciso muita classe para usar um corte masculino. Por isso, não aconselho que o use".

Jeanne sorri ao se lembrar daquela cena. A vizinha empalidecera, apertara os lábios e continuara seu caminho sem dizer mais nada. Pierre e Jeanne riram como crianças que acabam de fazer uma travessura. A vizinha nunca mais respondeu aos cumprimentos do casal.

Como ela rira com Pierre! Eles tinham o senso de humor das pessoas que não podiam evitar ter senso de humor. Ele era seu melhor público e ela era o dele. Os dois muitas vezes se comparavam às pessoas da mesma idade que eles, mas diziam que somente seus corpos tinham envelhecido. Viam-se como crianças presas em corpos de adultos e que não queriam crescer.

Jeanne começou a dobrar a carta, mas um detalhe chamou sua atenção. Ela a releu com toda a calma, parando a cada frase para tentar entender a origem de seu incômodo. Na oitava vez, estremeceu. Leu-a de novo, até que entendeu. Sabia quem a enviara.

56
THÉO

É o grande dia. O concurso vai acontecer na escola de confeitaria Fermade, em Courbevoie. Me programei para ir de metrô, mas Philippe quer me levar de carro. É a primeira vez que o vejo fora da padaria, é estranho. Leila não trabalha hoje, então quis ir junto. Sentei no banco do carona, sem ousar dizer que no banco de trás fico enjoado. Não consegui comer nada de manhã, por causa do nervosismo, melhor limitar os riscos.

Philippe deve achar que pode aumentá-los, pois anuncia, como se não fosse nada, que, se eu passar por essa etapa e chegar à próxima, irei diretamente para o concurso nacional.

– Eu não disse antes para não deixar você nervoso, mas você acabaria sabendo.

– Tem razão, falou na hora certa.

Sinto a mão de Leila em meu ombro. Ela fica ali poucos segundos, não tenho tempo de reagir. Olho pelo retrovisor, Iris sorri para mim, Jeanne olha para a paisagem. Elas também insistiram em vir. A pressão é insana, e sei que não me ajuda nada. Tento esvaziar a cabeça, mas é ainda pior.

Somos cerca de trinta aprendizes e tenho a impressão de ser o único a tocar castanholas com a bunda. Ou eles são realmente tranquilos, ou são muito melhores que eu em manter as aparências enquanto tudo desmorona por dentro. Esperamos no pátio, há certo atraso porque um jurado ainda não chegou. Sou o único competidor acompanhado de quatro pessoas, todos os outros estão sozinhos ou apenas com o mestre de aprendizado;

é um pouco vergonhoso, mas pela primeira vez é por uma coisa boa, não vou me queixar.

A porta se abre, podemos entrar. O sujeito que pergunta meu nome diz que só uma pessoa pode entrar comigo, Philippe não me deixa escolher, ele entra.

Leila aperta meu ombro de novo, e dessa vez coloco a mão sobre a dela. Iris me deseja boa sorte, Jeanne me diz para tocar o terror.

Plaquinhas com nossos nomes estão coladas em grandes mesas. Todos os materiais necessários para a prova estão ali. Ingredientes, fornos, geladeiras, congeladores e eletrodomésticos de uso comum estão num canto da sala. Os membros do júri se apresentam, não conheço ninguém, mas meu estado de ansiedade me faria esquecer meu próprio nome. A receita da prova é sorteada: devemos fazer uma torta de limão com merengue. Philippe me encoraja uma última vez e vai se sentar numa cadeira no fundo da sala, junto com os outros acompanhantes.

"3, 2, 1, já!"

Começo com a massa *sablée*, misturo os ingredientes, amasso bem e deixo descansar na geladeira. Enquanto isso, preparo o creme. Tiro as raspas do limão, corto-o ao meio para tirar o suco, machuco o dedo, vejo uma gota de sangue, depois duas, depois um filete, meus ouvidos zumbem, está quente aqui, ah, vejo estrelas, boa noite pessoal.

Na volta, ninguém abre a boca dentro do carro. Philippe cerra os dentes. Quando voltei a mim na sala de concurso, ele insistiu para que eu continuasse, mas os organizadores disseram que eu parecia fraco demais e eu não contradisse ninguém. Não sei se ele fez de propósito, mas, assim que ligou o rádio do carro, começou a tocar "The End", do The Doors.

Não tiro os olhos do telefone o trajeto todo. Estou ao mesmo tempo morto de vergonha e aliviado que tenha acabado.

Passo o dedo por alguns vídeos quando uma mensagem aparece na tela. É Leila, que está sentada logo atrás de mim.

"Já é o máximo você ter enfrentado seus medos. Você fez o que podia."

"Obrigado. Philippe está emburrado."

"A cara de sempre kkkk Se estiver a fim, podemos sair no sábado para tomar algo."

"Valeu, mas não preciso que tenha dó de mim."

"Não tenho dó, tenho vontade de sair com você."

57

IRIS

— Pedi que não passasse meu número.

— Fiquei com pena dele.

As conversas com minha mãe deveriam ser contraindicadas durante a gravidez. Se minha pressão não subir com isso, devo estar com algum mau contato.

Desde a primeira mensagem de Jérémy, ela nega ter repassado meu número. Ela consegue me fazer ficar em dúvida, apesar das evidências: somente ela, meu irmão e Mel tinham meu número, e os outros dois não teriam nenhum problema em ver Jérémy sofrer. Ela acaba de admitir que fala regularmente com ele e até que o recebeu em casa duas vezes.

— Ele não entende por que você foi embora. Confesso que eu também não. O casamento está chegando, minha querida, você não pode fazer isso com os convidados!

— Mãe, não a envolvi nisso de propósito, não quero que você se preocupe. Por favor, fique fora disso. E não passe a ele mais nenhuma informação! Você não disse que eu estava em Paris, disse?

Silêncio.

— Mãe? Me diga que não disse.

— Ah, minha filha, você finalmente estava com um bom rapaz! Seu pai gostava muito dele, sabia?

Desligo o telefone e atiro o aparelho para o outro lado do quarto. Oscilo entre a raiva e a angústia. Eu sabia que ela se preocuparia, só não pensei que seria com ele. Minha mãe ainda me considera uma criança a ser protegida, incapaz de opiniões e decisões sensatas. As dela devem prevalecer sobre as minhas. Ela sabe mais, ela é a adulta.

Passo pela sala para ir à cozinha e encontro Jeanne costurando.

– Tudo bem? – ela pergunta. – Não espiei, mas ouvi alguns gritos.

– Nada grave, uma discussão com minha mãe. Ela sabe me enlouquecer.

Ela sorri:

– A minha às vezes me tirava do sério, acho que só as mães para conhecer nossos pontos fracos. Em poucos anos, você é que enlouquecerá seu filho!

– Acho que já estou fazendo isso: do jeito que se mexe, parece estar querendo fugir.

Jeanne ri, mas uma sombra passa por seu olhar:

– Dói?

– Não, só é estranho. Menos quando ele acerta uma costela, é desagradável. Quer sentir?

O convite a pega desprevenida, me arrependo na mesma hora.

– Desculpa, eu não queria...

– Quero! – ela me interrompe, se levantando.

Deito no sofá, é nessa posição que o bebê mais se manifesta. Levanto o moletom, revelando a pele esticada da barriga. Ficamos vários minutos esperando um sinal de vida.

– É sempre assim – eu digo. – À noite, quando quero dormir, ele faz meu útero de trampolim, mas, sempre que quero filmar, ele se esconde.

– Ele vai ser muito brincalhão – Jeanne murmura. – Posso?

Concordo com a cabeça e a encorajo a colocar a mão perto do umbigo. Sinto que está comovida. Eu também estou.

– É a primeira vez – ela me confessa.

Esse é o momento que meu querido filho escolhe para dar uma cambalhota, criando um caroço móvel sob a mão de Jeanne. Ela arregala os olhos e exclama:

– Que incrível! Extraordinário! E dizer que há um serzinho aqui dentro. A vida é maravilhosa.

A porta é aberta por Théo, que tinha saído no início da tarde. Ele nos observa de longe, intrigado com aquela cena estranha.

– O que estão fazendo?

– Venha ver – murmura Jeanne. – É mágico.

Ele obedece, se aproxima de nós, com os olhos fixos em minha barriga. Uma onda percorre minha pele, Théo dá um passo para trás:

– Credo, que nojo! Parece um alien.

58
JEANNE

Na volta do cemitério, Jeanne passou na padaria de Théo para comprar uma torta floresta negra. Era seu aniversário de 75 anos e ela não contara a ninguém, mas, como sempre naquele dia, ela decidiu relembrar a infância. Sua mãe conhecia seu gosto por chocolate e sempre preparava a mesma floresta negra, ainda que, proporcionalmente a seu corpo que crescia, a torta parecesse diminuir a cada ano. Ela era a rainha do dia e tinha, excepcionalmente, o privilégio de ser servida primeiro, no lugar do pai. Louise não gostava das lascas de chocolate que envolviam o bolo, Jeanne dispensava as cerejas, então as irmãs faziam uma troca sob o olhar interessado da cachorra Caprice, que esperava as migalhas da transação. Décadas depois, sempre que o creme chantilly e o pão de ló se encontravam em sua boca, Jeanne voltava aos seus 8 anos.

A dona da padaria, fiel a si mesma, não foi nada amável, e Jeanne admirou Théo por conviver com uma pessoa daquelas.

Jeanne voltou para o prédio, organizando mentalmente o jantar. Ao pé da escada, hesitou alguns segundos e se dirigiu ao apartamento de Victor. Ela parou um pouco para pensar, depois bateu.

Boudine entrou assim que a porta se abriu. Jeanne a seguiu, a convite de Victor. Não era raro ela passar alguns momentos com ele, em torno de uma xícara de café, portanto ele não pareceu surpreso com a visita.

– É tarde para um café – declarou o zelador, abrindo a geladeira –, mas devo ter limonada ou vinho rosé.

– Não vou me demorar – informou-o Jeanne –, preciso colocar um bolo na geladeira. Vim apenas recorrer à sua memória. Você se lembra da senhora Partelle?

Victor respondeu na mesma hora:

– Claro que sim! A senhora Partelle, do primeiro andar. Ela foi morar na Bretanha, se não me engano. Tanta gente já passou por aqui, difícil não misturar as coisas. Por que a pergunta?

Jeanne abriu a bolsa, tirou o pequeno maço de cartas e colocou-o em cima da mesa:

– Porque ela se chamava Pardelle, não Partelle. Você sempre errou o nome dela.

Victor levou a mão ao rosto e esfregou a testa. Jeanne podia ler o dilema nos olhos do zelador: confessar ou fingir não entender?

Ele tinha nascido em 1972, três anos depois que Jeanne e Pierre se instalaram no prédio. Sua mãe, a senhora Giuliano, assumira o posto de zeladora, antes ocupado pelos pais dela. O pai de Victor, que trabalhava no açougue do bairro, morrera jovem. O menino crescera no prédio, sempre perto da adorada mãe. Aquele se tornara um motivo de zombaria: quando ele não estava ao lado da senhora Giuliano, os moradores do prédio sempre perguntavam se o pequeno estava escondido embaixo de sua saia. Ele era um menino educado, prestativo e dotado de um ótimo senso de humor, qualidades que lhe permitiram conquistar o afeto de todos. Pierre e Jeanne tinham se apegado bastante a ele, a ponto de lhe abrirem a porta de casa. Pierre lhe dera aulas de inglês durante os anos de colégio, Jeanne o iniciara na costura. Ele fora um adolescente distraído, quase sempre no mundo da lua, e um jovem adulto isolado, que não se integrara a nenhum estrato da sociedade. Ele só se sentia protegido e feliz em seu pequeno apartamento do térreo. Com a morte da mãe, quatro anos antes, Victor a substituíra naturalmente.

– Pensei que lhe faria bem – ele murmurou. – Vi num programa que reviver as lembranças felizes ajudava a elaborar o luto.

– Como você sabia de todas essas histórias?

– A senhora conhece minha boa memória e minha boa audição! Ouço tudo, lembro de tudo. A história da senhora Partelle, ou Pardelle, por exemplo, vocês contaram para minha mãe quando chegaram em casa. Eu estava aqui, ainda lembro das risadas de todos.

Jeanne tinha esquecido daquele detalhe.

– Sinto muito se a fiz sofrer – sussurrou Victor.

– Você não me fez sofrer, não se preocupe. Sei que você também gostava muito de Pierre.

Ele assentiu em silêncio. Jeanne fora sincera. Além de não estar zangada com Victor, estava profundamente comovida. Ele devia gostar muito dela, e estar preocupado com sua dor, para se dar tanto trabalho para tentar atenuá-la. O carinho era recíproco. Victor era importante para Jeanne. Ele lhe dera uma bela prova de amizade com aquelas cartas, mas, acima de tudo, o melhor presente: lembranças de Pierre.

Jeanne se despediu logo depois, assim que Boudine comeu todos os petiscos do gato. O zelador a acompanhou até a porta.

– Victor, por favor...

– Sim?

– Poderia me enviar mais cartas?

Ele assentiu, e Jeanne deixou o apartamento com um sorriso nos lábios.

59

THÉO

"Quando você vem, irmão?"

Desde que comecei a responder a Gérard e Ahmed, eles insistem para que eu faça uma visita. GG será maior de idade em um mês, Ahmed precisa esperar seis meses. Quando eu estava no lugar deles, só pensava numa coisa: ir embora daquele abrigo que eu via como uma prisão. Aos 18 anos, não temos escolha, precisamos ir embora, tendo ou não um lugar para ir. Conheço alguns que se tornaram sem-teto. Muitos. Por isso eu não quis ir para a faculdade, eu precisava ganhar dinheiro. Como aprendiz, não faço uma fortuna, mas já é alguma coisa.

Não sei por que não tenho vontade de voltar. Talvez por causa das lembranças ruins, talvez por causa dos outros. Com a distância, os bons momentos ocupam um pouco mais de lugar na memória. No dia em que fui embora, Ahmed pegou o violão e todos cantaram uma música de despedida para mim. Eles tinham escrito uma letra a várias mãos, ela falava das coisas que eu tinha vivido por lá. Apertei os punhos o mais forte possível e consegui chorar só por dentro. Gérard me deu o boné que ele usava o tempo todo, os menores me deram abraços, Manon chorou.

Vivemos momentos muito difíceis. Por muitos anos, Sébastien, um monitor, nos tratou como cães, ou pior. Ele nos batia em lugares que não deixavam marcas. Eu era pequeno, não ousava me defender, mas nem os maiores faziam alguma coisa. Outras crianças eram violentas, apanhei algumas vezes sem razão, tive coisas de que gostava roubadas. Havia gritos, fugas e até tentativas de suicídio. Mas acho que o mais doloroso era a esperança. A esperança de que minha mãe me visitasse, a esperança de que ela parasse de beber, a esperança de que ela me buscasse. Um dia, um psicólogo me disse que eu estava melhor no abrigo do que com ela. Eu amava minha mãe como todas as crianças amam suas mães: incondicionalmente. Eu só queria estar com ela. Nunca saberei se ele estava certo, se era melhor estar sozinho no abrigo do que com ela, mas em perigo.

Vivemos bons momentos. Nico e Assa, dois monitores que me tratavam como um irmão menor. As saídas do abrigo, que redesenhavam o mundo. As noites em que pulávamos o muro, enfim, quando não éramos pegos. As gargalhadas no banho, quando cantávamos com todas as nossas forças. As noites de televisão. A vez que fomos para a praia. A pista de patinação. Ahmed e Gérard, meus irmãos. Manon. Malik, Sonia, Enzo, Emma. Quando vivemos o mesmo perrengue, criamos laços, querendo ou não. Mesmo quando não há ninguém para receber, temos amor para dar. Não éramos uma família, mas às vezes chegávamos bem perto.

Respondo uma bobagem e desligo o celular. Já passa da meia-noite. Apago a luz, vou para debaixo do edredom e fecho os olhos. Dentro da minha cabeça, existe um lugar onde me refugio sempre que preciso. Como um mundo paralelo, uma vida imaginária, onde não corro nenhum risco, onde tudo acaba bem. Uma antecâmara da vida real, onde eu é que decido. Pensei que todo mundo tivesse um lugar assim, mas, quando falei a respeito com os outros, entendi que não somos muitos. Parei de falar. Começou quando eu era bem pequeno. Ainda me vejo deitado na cama, imaginando um espetáculo de fim de ano em que ouso cantar na frente de todo mundo. Basta fechar os olhos e ir para outro lugar, longe dos problemas, longe do destino. Uma fuga, sem livro nem tela. Um curta-metragem personalizado. Há algum tempo, o mesmo filme vem passando. Chego na padaria adiantado. Tenho as chaves, entro e vou me trocar no vestiário. Estou sem camisa, tenho o corpo de um bombeiro de calendário, Leila chega, se aproxima lentamente de mim, coloca a mão em minha nuca e me beija.

60

IRIS

– Senti tanto sua falta.

– Você está me sufocando.

Solto meu abraço e olho para meu irmão, em carne e osso à minha frente.

– Ai! Ficou doida? Por que está me beliscando?

– Para ter certeza de que não estou sonhando.

Fui de ônibus recebê-lo no aeroporto. Eu não contei que iria. Ele passou a meu lado sem me reconhecer. Se eu não estivesse tão feliz, teria ficado ofendida.

No trajeto para casa, ele me conta seu périplo, seus encontros, com fotos e vídeos ilustrativos. Já vi quase tudo no Instagram, mas suas histórias cativariam uma árvore.

O hotel que ele reservou fica a dois passos do apartamento. Ele solta a mochila e se vira para mim, olhando para minha barriga:

– Não consigo acreditar. Vou ser tio.

– Estou começando a ficar com medo, sabe. Em menos de três meses, ele estará aqui.

– Está com medo do quê?

– De tudo. De perdê-lo, de que ele fique doente, de que Jérémy peça a guarda, de que meu filho me culpe de tê-lo privado do pai, de que eu não esteja à altura. Quanto mais perto, mais penso que não vou conseguir.

Formular esses temores os torna reais. Faz semanas que me recuso a abrir a porta para deixá-los entrar. Me questiono com facilidade e duvido rapidamente. Me culpo pelas coisas negativas que acontecem e atribuo as positivas à sorte. Pouco a pouco, porém, graças tanto aos fracassos quanto aos sucessos, minha capacidade de confiança aumenta. Graças também às pessoas que acreditam em mim. No início, Jérémy era uma delas.

Ele me entendia, me ouvia, se interessava pelo que eu sentia. Ele me encorajava, às vezes até demais. Tudo o que eu fazia era um pretexto para me encher de elogios. Meu risoto? O melhor que ele comera na vida. Meu novo corte de cabelo? Tudo ficava bem em mim, eu ficaria linda de cabeça raspada. Meu novo paciente? Eu o deixaria como novo, eu era a fisioterapeuta mais talentosa. Entre o seu demais e o meu de menos ficava a média que me equilibrava. A mudança foi insidiosa. Lembro-me da primeira frase que me soou errada.

"Está cozido demais. Você deveria ter aulas com a minha ex."

Eu chorei, ele pediu desculpas, estava nervoso por causa de um contrato que tinha acabado de perder. Ele voltou a ser o homem que eu amava. Depois, outro golpe.

"Quando transamos, só consigo ver a papada do seu pescoço."

E outro, outro e mais outro. "Esse jeans a deixa com a bunda grande"; "Você não é nada engraçada"; "Quando as pessoas se derem conta, ninguém a escolherá como fisioterapeuta"; "Coitada, como pode ser tão imbecil"; "Lamento o dia em que a convidei para morar aqui"; "Você nunca se pergunta por que seus amigos não falam mais com você?"; "Você é uma inútil".

As críticas soterraram os elogios. O problema era que eu acreditava mais nas primeiras do que nos últimos.

Cada ataque era seguido de uma consolação. Não era por mal, era para o meu bem, ele sentia muito por me ferir, não era o objetivo. Consertando o que havia quebrado, ele se tornava indispensável. Ele era meu carrasco e meu salvador. A faca e o curativo. Não demorou para que eu acreditasse mais nele do que em mim. Para que eu me convencesse de que, sem ele, não seria capaz de nada. De que somente ele podia me entender. Me amar. Em três anos, ele conseguiu derrubar o que eu tinha levado trinta anos para construir.

– Você vai ser uma ótima mãe – meu irmão me garante. – Eu sei disso melhor que ninguém, você me tratou como filho por anos.

Eu sorrio, lembrando-me da época em que imitava minha mãe. Cheguei a tentar dar o seio para o bebê Clément.

– Farei o possível.

Meu irmão se senta a meu lado na cama e coloca a cabeça sobre meu ombro.

– Estou apaixonado – ele diz.

Meu bebê fica surpreso com a notícia.

– Você? Como! Por quem? Onde? Quando? Me conte tudo, faz 28 anos que espero por esse dia!

Clément nunca me apresentou ninguém, nunca mencionou algum possível amor. Quando eu perguntava algo nesse sentido, ele dava de ombros e sorria. Eu ficava louca, pois era incapaz de não compartilhar com ele qualquer início de romance. Várias vezes, surpreendi ligações, vi mudanças, observei detalhes, mas respeitei sua discrição, convencida de que ele escolheria o momento certo. Pensei que talvez ele nunca conseguisse. Ela se chama Camila, é fotógrafa em Buenos Aires e acompanha Clément em suas viagens há mais de um ano. Eles planejam morar juntos, aqui ou em outro lugar. É discreto, quase imperceptível, mas, quando fala dela, algo se acende em seu olhar, sua voz fica mais doce, seus gestos se suavizam. Contemplo, como uma espectadora, meu irmão apaixonado. Valeu a pena esperar.

61
JEANNE

A pequena Jeanne havia sido educada para respeitar o próximo. As regras eram simples: o próximo era rei, o próximo não devia ser contrariado, decepcionado, incomodado, irritado, cansado, atrasado, apressado, ferido, magoado, travado. A fim de corresponder ao que se esperava dela, Jeanne logo vestira aquele comportamento como roupas, sufocando seu temperamento natural.

A Jeanne adulta conseguira, com o passar dos anos e com a maturidade, se livrar de várias daquelas camadas artificiais, mas algumas eram tão profundas que se confundiam com a própria pele. Por isso, quando Jeanne ficava contrariada, ela reprimia suas emoções e oferecia a quem cruzasse seu caminho um sorriso perfeitamente convincente. Era preciso conhecê-la muito bem para perceber a contrariedade sob aquela máscara. Théo e Iris, justamente, começavam a conhecê-la muito bem.

– Jeanne, está zangada conosco? – preocupou-se Iris, sentada perto dela no sofá.

– De jeito nenhum – Jeanne respondeu.

– Estamos vendo que está incomodada com alguma coisa – insistiu Théo.

– Estou dizendo que está tudo muito bem.

Eles trocaram um olhar, esperando ter agido da maneira correta.

Tudo começara com uma ligação. O telefone fixo tocara durante o jantar. Era raro aquilo acontecer, e sempre era

Jeanne quem atendia. Ela estava ocupada na cozinha, então Iris atendera. Um homem pedira para falar com a senhora Perrin, Jeanne pegara o aparelho e os dois logo entenderam o conteúdo da conversa. De volta à mesa, Jeanne se sentiu obrigada a revelar seu segredo.

— Tenho consultado um médium.

— Para ler o futuro? — Théo perguntou.

Jeanne não dissera nada, depois admitira que se comunicava com o querido marido por intermédio de um profissional. Iris a incentivara, sua amiga Gaëlle conversara com o pai da mesma maneira. Primeiro dubitativa, ela fora convencida pelos detalhes dados pelo médium, detalhes que só ela conhecia.

— Algumas pessoas têm de fato um dom — concluíra Iris —, mas é preciso se precaver, há muitos vigaristas. Os verdadeiros são fáceis de reconhecer: eles têm listas de espera longuíssimas e as pessoas vêm de longe para vê-los.

— Tenho muita sorte — Jeanne respondera. — Ele entrou em contato comigo diretamente, não precisei esperar.

Théo fizera uma careta:

— Ele entrou em contato como?

— Por telefone. Foi Pierre que lhe disse nosso número.

— Merda — Iris suspirara. — Isso me lembra da senhora Beaulieu, minha paciente que morreu há dois meses. Quando fui buscar meu jaleco e um pote de plástico que eu tinha esquecido, a filha dela me contou que um médium ligara para sua casa para informá-la de que sua mãe tinha uma mensagem para ela. Ela desligou na hora. É realmente estranho.

— Muito — Théo concordara. — Suspeito.

Jeanne não deixara transparecer nada, mas lamentara se abrir com eles. Várias incoerências e contradições já vinham abalando sua confiança no senhor Kafka, ela não queria que eles enchessem sua mente com mais dúvidas.

– Desculpe se a ofendi – acrescentara Iris, se levantando do sofá. – Talvez ele seja bom. Certamente é. Você é a pessoa certa para saber, nós não o conhecemos.

Jeanne relaxou, mas Théo não tinha terminado:

– Podemos fazer isso.

– Fazer o quê? – perguntou Jeanne.

– Conhecê-lo! Assim, podemos dar nossa opinião. Quando é a próxima sessão?

62
THÉO

Ainda não são nem dez da noite. Fico na rua atrás do bar para que ela não pense que cheguei cedo. Desde que Leila me convidou para beber algo, quase desmaio a cada vez que passo por ela, nem preciso ver sangue. Mal dormi essa noite, estou estressado até em meu mundo imaginário.

É meu primeiro encontro com uma garota. Manon e eu nos beijamos como se não fosse nada, enfim, principalmente ela, eu me deixei beijar como se achasse aquilo normal, mas meu corpo parecia em festa. Tínhamos os mesmos gostos, ouvíamos as mesmas músicas e ela tinha olhos incríveis; aos 15 anos, o bilhete vencedor. Antes dela, eu saíra rapidamente com uma colega de aula, nos beijávamos no bicicletário para que ninguém nos visse. Ela dizia que era por respeito, acho que era por vergonha. E só. Preciso dizer que nunca fui muito solicitado. É a primeira vez que tenho um primeiro encontro. É também a primeira vez que tenho um encontro com uma garota de quem já gosto bastante.

Fumo um último cigarro contando meus batimentos, eles estão rápidos demais para um coração humano.

– Oi!

Levo um susto, Leila está na minha frente. Meu coração nem para mais entre dois batimentos. Estou em corrente contínua.

– Oi! – respondo. – Tudo bem?

É um bom começo, sou tão interessante quanto um extrato bancário.

O bar está calmo. Sentamos no fundo do salão, em torno de uma mesa alta. Leila parece tão intimidada quanto eu. Bebemos um primeiro copo, falamos algumas banalidades, fico sabendo que ela vive sozinha há seis meses, que antes morava com os pais, o irmão e a irmã. Ela vai fazer 20 anos. Tem três empregos: na padaria, fazendo faxina em escritórios e extras no restaurante do irmão.

— E você? A senhora que foi no concurso é sua avó?

— Não, divido um apartamento com ela e com Iris.

Suas sobrancelhas se levantam. Chegamos. É agora que preciso decidir se digo a verdade ou se invento alguma coisa. O fato de ter vivido num abrigo sempre me deixou à parte. As pessoas mudam quando ficam sabendo. Na escola, eu era o garoto que não tinha pais. Ou ninguém se aproximava de mim, ou alguém se aproximava por curiosidade ou pena. Eu às vezes tinha a impressão de ser um animal de zoológico. Eu era exótico. Leila espera que eu diga alguma coisa. Escolho as palavras mentalmente, tento organizá-las. Sei que elas podem mudar tudo.

— Venho de Brive. Não ganho o suficiente para pagar um apartamento e não conheço ninguém em Paris. Não tenho família, cresci num abrigo.

Não ouso olhar para ela. Encaro meu copo, retendo a respiração.

— Elas parecem legais — ela acaba dizendo. — Estavam bastante preocupadas com você, pensei que fossem da sua família. Vamos para outro lugar?

Ela não reagiu. Não fez perguntas. Não quis saber por quê, como. Ou se trata de um não assunto para ela, ou ela não entendeu, ou não está nem aí.

Vamos para a calçada, está frio, nossas respirações fazem fumaça. Reúno coragem para perguntar se ela me ouviu direito, mas ela me faz um sinal para segui-la:

– Venha, quero mostrar uma coisa a você.

Caminhamos pelo Sena contando anedotas de Nathalie, um assunto inesgotável, não paramos de rir.

– "Não, senhor, não trabalhamos com cartão de crédito" – diz Leila. – "O senhor está vendo que não tenho barba, não me confunda com o Papai Noel!"

– Você a imita superbem!

– Eu sei, eu sei, é meu pequeno talento.

Ela para na frente da porta de um prédio e digita o código de entrada, dizendo que faz a limpeza de um escritório no último andar. Entramos num pátio interno, ela coloca o dedo sobre os lábios para eu ficar quieto. Sigo-a na escada, até o topo. Uma escadinha de madeira está apoiada na parede, ela a pega e a apoia num alçapão do teto. Ela cochicha para eu subir depois.

A vista é de tirar o fôlego. Literalmente. Minhas pernas tremem e minha cabeça gira. Podemos ver Paris inteira, os telhados se estendem ao infinito. Ao longe, a torre Eiffel e, mais perto, a Sacré-Cœur. Leila dá alguns passos na estrutura do telhado, eu me agarro a um grande cano e me deixo deslizar até o chão.

– Está tudo bem? – ela pergunta, sentando a meu lado.

– Sim, sim, tudo bem. Você tem aí um desfibrilador?

Ela cai na gargalhada e, quando para de rir, ouvimos a noite por um bom tempo. Pouco a pouco, paro de tremer e esqueço que estou no alto de um prédio. Leila não se mexe, eu gostaria de saber no que está pensando. Inspiro profundamente e arrisco:

– Você ouviu o que eu disse no bar?

– Sim, ouvi. Sei que é um assunto difícil para você. Eu sei porque também tenho assuntos difíceis. Temos todo o tempo do mundo para falar deles, quando nos sentirmos à vontade.

Os tremores param. Ainda sinto vertigens, mas agora são diferentes. Leila me olha, seu rosto está a um sopro de distância. Deixo meus medos de lado, fecho os olhos e nos beijamos.

(Fico surpreso que a torre Eiffel não solte fogos de artifício para a ocasião.)

63

IRIS

Jeanne não quis. Não insistimos, cabia a ela decidir se preferia alimentar ilusões ou aceitar a realidade. Ontem, durante o jantar, ela disse que mudou de ideia. Ela queria ter certeza.

Ao abrir a porta, o médium parece surpreso de ver Jeanne acompanhada. Estendo a mão para ele:

— Olá, sou a filha da senhora Perrin.

— Eu sou o neto, filho da filha — acrescenta Théo, apontando para mim com a cabeça.

Eu quase me engasgo. O sacana está todo orgulhoso.

Esse é o primeiro teste. Jeanne nos disse que o senhor Kafka sabia que ela não tivera filhos. Ele não reage. Eu lhe dou o benefício da dúvida.

O médium nos convida a sentar em torno de uma mesa redonda. A sala é totalmente clichê. Só falta a bola de cristal e a poção de ovários de hamster anão. Lembro-me da descrição que Gaëlle me fizera depois do primeiro encontro com sua médium. Ela ficara surpresa com a sobriedade do lugar, muito distante do ambiente teatral que imaginara. Dou uma olhada para Jeanne. Com a cabeça erguida e o olhar direto, ela não transparece nenhuma de suas dúvidas.

— O senhor me disse que tinha uma nova mensagem de Pierre?

— Exatamente! — anima-se o senhor Kafka. — É raro os mortos me solicitarem tantas vezes, ele parece gostar muito da senhora.

Jeanne sorri. Perco toda a vontade de desmascarar o sujeito, quero que ele seja verdadeiro, que não diga palavras que comoveriam qualquer pessoa em luto apenas por ganância. Não ouso imaginar o que ela sente, dividida entre a esperança e a razão.

– Vou repetir exatamente o que ele me diz – continua o médium. – Não se preocupe, farei isso com minha própria voz, mas ele é que falará através de mim. Vamos lá.

Ele atira a cabeça para trás e coloca os indicadores nas têmporas:

"Bom dia, minha querida, você está muito bonita hoje. Estou tão feliz de ter encontrado uma maneira de me comunicar com você. Obrigado por acreditar no senhor Kafka. Que sorte podermos conservar nosso vínculo. Estou o tempo todo com você. À noite, deito a seu lado em nosso apartamento da Rue des Batignolles, como antes. Amo você, minha querida. Espero que possamos conversar com mais frequência."

As bochechas de Jeanne estão molhadas. Ela tira um lenço da manga, enxuga os olhos e se vira lentamente para nós:

– Vocês tinham razão, crianças.

É o suficiente para Théo.

– Ele está aqui? – ele pergunta ao senhor Kafka.

– Sim. Seu avô está bem a seu lado. Talvez você consiga sentir a mão dele em seu ombro.

Théo fecha os olhos e inspira profundamente.

– Estou sentindo – ele murmura, reabrindo os olhos. – Eu era muito próximo dele. Eu o chamava de Patapuf.

O médium fixa um ponto imaginário no vazio:

– Ele se lembra perfeitamente. Adorava ser chamado assim. Sentia um carinho especial por você. Não conte aos outros!

Jeanne parece impassível. Aproximo minha cadeira e coloco a mão sobre a dela.

– Ele tem alguma mensagem para mim? – pergunto.

O homem se endireita. Depois de alguns segundos, com o olhar fixo em minha barriga, ele responde:

– Seu pai me pede para dizer que está muito feliz que a vida siga seu curso. Ele lamenta não ter tido tempo de conhecer o pequeno que está chegando, mas promete zelar por ele do além.

Ele é muito bom. A angústia de Jeanne me dilacera.

– Eu estou feliz que ele tenha morrido – diz Théo. – Assim não preciso dividir a herança. Já que ele está me ouvindo: obrigado por me deixar sua fortuna. É tanto dinheiro que não sei nem o que fazer. Talvez ele tenha algum conselho?

– Claro que sim! – o médium se apressa em dizer. – Seu Patapuf terá grande prazer em ajudá-lo por meu intermédio. Podemos conversar ao fim da sessão, o que acha?

– Ok! Pergunte a ele o que achou de meu primeiro investimento.

Sinto certo receio, não sei aonde ele quer chegar. O senhor Kafka ouve o silêncio, balançando a cabeça:

– Ele está orgulhoso de você. E o parabeniza por esse investimento responsável.

– Ah, que alívio! Pensei que o acharia fútil. Mas valeu a pena, ganhei dez centímetros em repouso, é um negócio de louco. Quando fico duro, tenho a impressão de ser um tripé. É superprático: se eu quebrar uma perna, tudo bem, posso caminhar com o pau!

O homem sorri de modo exagerado. Mordo as bochechas para não rir. Jeanne se endireita bruscamente:

– Ah, meu Deus, o que está acontecendo?

– Jeanne, o que foi?

– Não sei, é estranho, vejo uma mulher atrás do senhor Kafka. Acho que estou tendo uma visão!

O ar de espanto de Théo é inesquecível.

– Uma visão? – pergunta o médium, incrédulo.

– Sim, o senhor deve ter me transmitido seu dom! – ela exclama. – É sua mãe, ela tem uma mensagem para o senhor.

Ela quer saber se o senhor não tem vergonha de se aproveitar do sofrimento das pessoas para ganhar dinheiro.

– Do que está falando?

– Espere, minha visão ainda não acabou! Estou vendo o senhor abrir a gaveta e me reembolsar os mil euros que lhe paguei.

O sorriso do homem se desintegra. Ele se ofende, não entende por que deveria devolver um dinheiro ganho honestamente. Jeanne demonstra uma calma impressionante.

– Entendi como o senhor me achou. O senhor repassa os necrológios, escolhe as viúvas idosas e descobre suas coordenadas.

– Que feio – comenta Théo. – O senhor merece apanhar com minha terceira perna.

Jeanne o encara com frieza:

– Se não quiser que eu preste queixa, terá que me reembolsar, irmão.

Isso não é suficiente para convencê-lo. Não devia ser a primeira vez do homem, outros antes de nós deviam tê-lo desmascarado. Ele afirma sua sinceridade e nós não temos como provar sua má-fé.

Durante o caminho de volta, Théo continua as zombarias e eu as tentativas de conversa. Jeanne não reage a nenhuma das duas. No apartamento, ela pede que nos sentemos ao lado dela no sofá, liga a televisão, cobre nossas pernas com uma manta, apoia a cabeça no encosto e segura minha mão e a de Théo entre as suas.

64
JEANNE

Quando Jeanne entrou no ateliê, as lembranças começaram a aflorar. Os rostos tinham mudado, mas os cheiros, os sons e o ambiente continuavam iguais. Os que a conheciam pararam imediatamente o que estavam fazendo para cumprimentá-la. Viviane, a primeira-costureira de um dos ateliês, a abraçou demoradamente. Jeanne se lembrou de seu primeiro dia, em 1980 ou talvez 1981, ano das eleições para presidente. Viviane era bem jovem, e hoje estava quase se aposentando. Luis, Marianne, Clotilde, Paul e os outros formaram um círculo a seu redor, e Jeanne ficou surpresa com a impressão de tê-los visto no dia anterior.

Apesar das promessas, ela não mantivera contato com nenhum dos antigos colegas. Nas primeiras semanas depois da aposentadoria, passara para vê-los algumas vezes, mas o medo de incomodar a deixava constrangida. Afinal, eles estavam trabalhando e ela os distrairia. Ela passara de todos os dias para nunca mais. Alguns telefonemas tinham continuado, mas se perderam no cotidiano e entre os novos planos.

Jeanne logo se voltou para o objetivo de sua visita. Foi preciso obter autorização da direção, mas não foi difícil, sua proposta deixou todos entusiasmados. Ela pensara muito a respeito na véspera, enquanto esperava o sono chegar. Fazia três semanas que dera um fim a seu relacionamento com os soníferos, suas noites, ainda que mais tranquilas que antes, ainda precisavam de alguns ajustes. Entre dois pensamentos sombrios, Jeanne se lembrara da quantidade de tecido que era descartada todos os dias no ateliê. Pequenos retalhos, nada que pudesse ser reaproveitado. Para outros, aquele nada representava muito. De manhã, ela batera à porta de uma das associações que costumava ajudar.

Jeanne se dedicou à sua tarefa assim que voltou para casa e só tirou o nariz da máquina para visitar Pierre. Ela voltou a trabalhar à noite, no dia seguinte e no outro. O toque do tecido e o ronronar da máquina, junto com a vontade de ser útil, a enchiam de alegria. Era uma sensação que ela temia nunca mais sentir. Jeanne sempre tivera um gosto pronunciado pela felicidade. Era sua natureza, ela não via nenhum mérito em si mesma, pelo contrário, se sentia sortuda de ser dotada dessa capacidade de se alegrar com facilidade, que equilibrava seu lado sombrio. Várias vezes percebia que as duas coisas estavam ligadas: a certeza do efêmero voltada para as pequenas alegrias. Embora as provações que tinham acompanhado seu caminho tivessem maculado seu otimismo, elas não o tinham feito desaparecer. Com a morte de Pierre, alguma coisa se apagara e ela estava convencida de que nunca mais se acenderia. Depois de uma longa hibernação, porém, Jeanne sentia voltar à vida.

Ela dobrou a peça que tinha acabado de fazer e a guardou com as demais. Amanhã levaria tudo para a associação, depois confeccionaria outras. Em breve, mãozinhas rechonchudas segurariam babadores, mordedores, naninhas, bodies e fraldinhas feitos de tafetá, jacquard, brocado e organza.

65
THÉO

Não avisei a ninguém de minha vinda. Eu não tinha certeza de que iria até o fim. Dou a volta por fora do portão, reconheço os buracos por onde saíamos escondidos. Só um ainda não foi fechado. Ouço-os antes de vê-los. Os menores brincam em grupos no pátio. Os maiores conversam e jogam bola. Ahmed está sentado em cima da mesa de pingue-pongue. Eu assobio, ele se vira na mesma hora e corre até mim, gritando.

Nico me deixa entrar, é estranho passar por essa porta. Todo mundo se reúne a meu redor, recebo tapinhas nas costas, beijos, um grande abraço de Mayline, uma pequena que gostava de me ter por perto. Acho que a lembro de seu pai. Há garotos novos, que se mantêm um pouco a distância. Não sei direito o que estou sentindo, está tudo bagunçado dentro de mim, mas não paro de sorrir. É como um *crossover*, em que personagens de dois seriados diferentes se encontram num episódio. Tenho a impressão de que minha vida anterior faz uma participação especial em minha nova vida. O episódio começa bem.

Ahmed me diz que Gérard está no quarto, entramos correndo, sem bater, e nos atiramos em cima dele. Ele está de fone de ouvido, não tem tempo de entender, se debate, então cai na gargalhada ao me ver. Ahmed também, com sua risada de bode, depois é minha vez. Na parede acima da cama, uma foto de nós três na pista de patinação. Tínhamos 13 ou 14 anos, passamos mais tempo de bunda no chão do que de pé nos patins, perdi um pedaço de meu orgulho naquele dia, mas aquela é uma de minhas melhores recordações.

Ahmed tinha 3 anos quando chegou ao abrigo com a irmã mais velha. A mãe deles tinha acabado de morrer e o pai não tinha como criar os filhos adequadamente. Gérard chegou dois anos depois de mim. Foi retirado da guarda dos pais, que o maltratavam. Ele nunca nos deu detalhes, mas tinha marcas no corpo e na alma. Às vezes a amizade demora para se firmar; com eles o vínculo foi imediato.

Ficamos duas ou três horas juntos, como antes. Eles me fazem um monte de perguntas sobre a vida do lado de fora, vimos tantos que deram errado, eles querem muito acreditar que é possível dar certo, então sou bastante enfático. Quando vemos pesadelos no retrovisor, avançamos mirando nos sonhos. Eu falo do trabalho, do apartamento, de Jeanne, de Iris, e não preciso contar de Leila, eles entendem sozinhos quando cruzamos com Manon. Trocamos um beijo, algumas palavras, e, por mais que eu procure, não sinto mais nada dentro de mim. Nem tremores, nem dor de barriga, nem nó na garganta. Fico contente de vê-la, e só. Minha convalescência chegou ao fim.

Eles me fazem jurar que vou voltar logo, mas mesmo se eles não pedissem eu faria isso. Não sei como pensei que podia deixá-los no passado.

Falta pouco para a hora de visita acabar, mas não posso estar tão perto de minha mãe sem passar para vê-la. Falo de minha relação com Jeanne e Iris, que adquiriu um rumo inesperado. Naquele quarto alugado, pensei que encontraria tranquilidade, mas ganhei muito mais do que isso. Conto à minha mãe que ela teria gostado muito delas e também de Leila. Minha mãe sempre preferiu as pessoas com defeitos. Ela dizia que duas superfícies lisas deslizam uma sobre a outra, enquanto duas superfícies rugosas se engatam e se tornam mais sólidas juntas. Ela não estava errada.

Antes de ir embora, coloco uma nova foto na parede. No corredor, caminho atrás de uma família que está saindo. Uma senhora com dois filhos, provavelmente em visita a um parente. Sem pensar, percorro de volta o caminho que acabei de fazer, abro a porta do quarto, me aproximo do ouvido de minha mãe e confesso a ela o que fiz e o que estou prestes a fazer.

66

IRIS

É meu último dia de trabalho antes da licença-maternidade. Nadia me recebe com uma bandeja cheia de bolinhos.

– Acha que estou grávida de óctuplos? – pergunto a ela.

– Experimente um, vai me agradecer por ter feito tantos.

É um alívio parar de trabalhar. Minha barriga está tão pesada
que me pergunto se meu filho não vai nascer a bordo de um
tanque. Meus planos para os próximos dias são intensos, entre
sonecas, leitura e mais sonecas. Jeanne pareceu tão feliz de saber
que logo eu estaria em casa o dia todo que acho que terei que abrir
espaço para algumas partidas de general e Scrabble em meus dias.

Continuei a visitar apartamentos depois de ter me mudado para a casa de Jeanne. Eu não queria impor a presença de
um bebê e tudo o que ela envolvia. Eu preenchia formulários
mecanicamente, para apartamentos convenientes ou não. Na
semana passada, fui escolhida pelo proprietário de uma quitinete em Bagneux, entre vinte candidatos. Quando anunciei a
notícia no jantar, Jeanne se transformou em inspetora:

– Que tamanho tem?

– Trinta e dois metros quadrados.

– Pequeno demais. Aluguel?

– 720 euros.

– Caro demais. Vidros duplos?

– Simples.

– Pouco isolamento de temperatura e barulho. Que andar?

Nenhuma de minhas respostas recebia sua aprovação. Ela
acabou me convidando a continuar com ela até encontrar um

apartamento digno desse nome. Não tentei esconder minha alegria, não conseguiria fazê-lo. Quando me levantei para abraçála, Théo disse que sairia da mesa se começássemos a chorar.

– Encontrei uma substituta – me diz Nadia, manobrando a cadeira de rodas. – Ela veio com a diretora da agência. Vai ser muito pior do que com você. Meu filho arriscou uma pegadinha, quase tivemos que chamar uma ambulância.

– Que tipo de pegadinha?

– Nada demais. Ele deixou uma cobra de plástico dentro da banheira.

Ela riu ao se lembrar da cena, e não consigo deixar de rir junto com ela, provavelmente aliviada por não ter sido alvo daquela brincadeira. Se eu avistar uma cobra, entro em trabalho de parto.

Nadia não se afasta de mim a tarde toda. Ela me segue por toda parte e não para de pedir que eu me sente e pare de limpar. Acabo obedecendo quando ela me oferece um descafeinado.

– Você não vai voltar depois da licença, vai? – ela me pergunta.

Nego com a cabeça:

– Vou tentar voltar à minha verdadeira profissão.

Nadia suspira, sorrindo. Venho aqui cinco dias por semana há mais de seis meses. Entrei na intimidade. Me aproximei da vulnerabilidade. Vi as falhas, os medos, a força, o estado bruto. Isso cria um vínculo. Sei que o senhor Hamadi e a senhora Lavoir, que substituiu a senhora Beaulieu, muitas vezes visitarão meus pensamentos. Mas Nadia tem um lugar especial. Sentirei falta dela, como de uma pessoa importante. Assim, quando ela me acompanha até a porta, depois de me obrigar a levar os bolinhos que não comi, e me pergunta se podemos voltar a nos ver, não hesito em responder que sim, e a despedida se transforma em promessa.

FEVEREIRO

67

JEANNE

Enquanto comprava um buquê de mimosas na florista, Jeanne se viu dividida entre dois sentimentos. A vida com seu grande amor parecia ter acontecido ontem e parecia ter acontecido havia uma eternidade. Ao mesmo tempo, no mesmo lugar, ela se sentia em carne viva e cicatrizada. Suas emoções pareciam uma montanha-russa, à qual ela se agarrava com todas as forças para resistir àquele paradoxo.

Ontem, uma eternidade atrás, Pierre lhe dera um buquê de mimosas, as primeiras flores da estação. Ele fazia isso todos os anos, sabendo que Jeanne adorava aqueles perfumados pompons amarelos. Ela sabia como conservá-las pelo maior tempo possível: esmagava os talos com um martelo, mergulhava-os em água morna levemente açucarada, dentro de um vaso transparente, umidificava as flores várias vezes por dia com um pulverizador, colocava-as na cozinha, o cômodo mais luminoso do apartamento. Acima de tudo, conversava com elas, com carinho e solenidade, o que divertia muito Pierre.

Quase um ano tinha se passado desde aquele dia funesto. Em pouco tempo, as primeiras vezes teriam acabado.

No ônibus, segurando firme o buquê amarelo, Jeanne teve um pensamento fugaz: ela sobrevivera. A culpa logo o expulsou, não sem deixar uma marca.

Ela nunca pensou que sobreviveria a Pierre. Quantas vezes ela lhe dissera isso, sem pensar que poderia de fato acontecer? "Serei a primeira, eu não aguentaria sozinha." Ela aguentara. Ela afundara, se deitara no fundo, frequentara a escuridão.

Ela quisera ficar lá, sozinha, infeliz, e morrer porque a vida perdera o interesse. As pessoas lhe diziam que o tempo seria um aliado, que correndo sobre suas dores ele as diminuiria. Ela se recusara a lhes dar ouvidos. A tristeza era a última coisa que a ligava ao marido. No entanto… Assim como todos os dias o sol roubava alguns segundos à noite, todos os dias a vida roubava alguns segundos à morte.

Ela sentiu o perfume da mimosa e disse para si mesma que então era verdade. Era possível sobreviver a tudo.

Naquela manhã, Jeanne se sentara sobre o círculo de luz no meio de seu quarto. Nua, com os braços afastados como o suricato de que Pierre tanto gostava. Depois ela costurara, ouvindo Brel, Barbara e Céline Dion, uma das raras cantoras contemporâneas que a comoviam. Iris acordara tarde, como costumava fazer desde que estava em licença-maternidade. Jeanne lhe apresentara *Desperate Housewives*, e elas tinham visto dois episódios em sequência, comentando com gosto as roupas de Gabrielle e o comportamento de Bree.

O cotidiano colocara seu vestido cor-de-normalidade.

Ela nunca mais seria como antes. Ela quebrara, depois fora consertada. O vazio não passaria, ela sabia, e queria que fosse assim. Ela estava fragilizada, vacilante, mas de pé.

Simone não estava quando ela chegou ao cemitério, nem o homem com quem ela simpatizara. Jeanne se surpreendeu com um sorriso no próprio rosto e substituiu as tulipas murchas pelo buquê de mimosas.

68
THÉO

Leila me pediu aulas de confeitaria na casa dela. Senti uma emoção tão forte que não pude guardá-la só para mim, então contei para Jeanne e para Iris, mas logo me arrependi. Elas queriam que eu usasse uma camisa e sapatos de velho, acharam que era uma festa à fantasia. Elas me acompanharam até o corredor para me encorajar e, quando cheguei à calçada, ficaram me olhando pela janela. Tive a impressão de que escalaria o Everest. Fingi que estava com vergonha, mas na verdade fiquei feliz.

Desde nosso primeiro beijo no telhado, só nos vimos duas vezes fora do trabalho. Quanto mais a conheço, mais gosto dela. Não sei se há um limite, um teto, um máximo, um dia em que a coisa começa a estagnar e decair, mas por enquanto subo na direção do amor e, caramba, como é bom. Na padaria, fazemos de tudo para que ninguém perceba, mas, sempre que possível, nos tocamos, sorrimos um para o outro, fazemos pequenos gestos. Nos dias em que ela não está, e nos dias em que estou no centro de formação, Leila ocupa todos os meus pensamentos. Nunca senti algo igual e, embora às vezes fique com medo, quero continuar assim pelo resto da vida. Tudo é mais leve, tudo é menos sério. Eu gostaria apenas que meu coração parasse de bater como uma britadeira assim que penso nela, porque ele vai acabar rasgando meu peito em busca de ar.

Não vesti uma camisa, mas levei flores. Jeanne não me deu escolha, por mais que eu dissesse que não se fazia aquele tipo de coisa desde o século passado, mas entendi que havia um limite a não ser ultrapassado.

Leila não tem vaso, então ela enche a pia do lavabo de água e mergulha o buquê ali dentro. Seu apartamento é minúsculo e a cozinha não pode ser chamada de cozinha. Pergunto onde ela quer que fiquemos para confeitar, ela cora:

– Não pensei em confeitar, na verdade.

– Ah? O que quer fazer, então?

– Banco Imobiliário? – ela sugere, rindo.

– Boa ideia!

Vendo seu rosto, entendo. Lembro de Jeanne e Iris, aparentemente sou o único a não ter entendido o que vim fazer aqui.

Meu coração se acelera, sinto calor, tiro o blusão, Leila se coloca na minha frente e pergunto se posso tirar o dela.

Começo pelos braços e, no quesito ideias infelizes, tirei a sorte grande. Leila fica com a gola presa na cabeça, os braços esticados para cima, enquanto eu puxo como um jumento. O blusão acaba cedendo, imagino que suas orelhas tenham saído junto, mas ela parece bem, por assim dizer, embora tenha os cabelos na vertical e batom até a testa. Ela se cola contra mim, me beija, meus pelos se eriçam no corpo todo, ela me puxa para o sofá.

– Espere um pouco, vou abrir o sofá.

Eu ajudo, vamos para debaixo do lençol, nossos lábios não se separam mais, ela tira minha camiseta, depois a sua, eu acaricio sua pele, macia demais, e azar da mola que me machuca as costas. Ela sobe em cima de mim, eu puxo para baixo as alças de seu sutiã, ela tenta abri-lo e, num impulso romântico, decido ajudar. Que piada. O mesmo cara que inventou o fecho do sutiã inventou as embalagens de abertura fácil. É preciso ser um mestre para conseguir abrir. Leila ri e resolve o problema. Não preciso de um desfibrilador, mas de um milagre. Eu digo que ela é estupenda, ela diz que me ama, eu digo que eu também e, depois de passar na prova da calça skinny, fazemos amor sem maiores problemas.

69

IRIS

– Vamos passear?

Boudine reage antes de Jeanne. Ela vai correndo para a entrada e mexe o rabo ao lado da coleira pendurada na parede. Jeanne desliga a máquina e veste o casaco. O ginecologista me aconselhou a caminhar o máximo possível, para melhorar a circulação sanguínea e evitar a retenção de líquidos que transformou minhas pernas em salsichas alemãs. Todo dia de manhã, passo dez minutos colocando meias de contenção, e mais dez minutos alongando as costas depois da manobra.

Na primeira vez que convidei Jeanne para caminhar comigo, me obriguei a seguir num passo mais lento para não a deixar cansada. Mas antes da esquina ela já estava bem à frente.

– Sou parisiense – ela declarou, como simples explicação.

Desde então, ela se ajustou a meu passo, que ela chama de lento, mas prefiro qualificar de tranquilo.

Victor põe a cabeça pela janela e nos cumprimenta:

– Espero que estejam com um guarda-chuva, o céu parece estar com a bolsa estourando!

A piada de grávida do dia. Por várias semanas, tive a impressão de que o zelador sentia por mim algo mais que uma simples culpa por minha queda na escada. Ele nunca perdeu a cortesia, mas seu constrangimento em minha presença era palpável. Até o dia em que Jeanne mencionou minha gravidez na frente dele. Eu não tinha a menor dúvida de que ele a notara depois que parei de escondê-la com roupas largas.

Seu olhar fez idas e vindas entre Jeanne e minha barriga, ele ficou de olhos esbugalhados por um minuto inteiro, depois caiu na gargalhada. Agora ele se comporta como o cúmplice de um segredo muito bem guardado, e a ambiguidade desapareceu.

Jeanne abre o guarda-chuva e passa pela porta. Coloco-me sob sua proteção e enrolo a echarpe no pescoço. Mecanicamente, meu olhar toca os sapatos de uma pessoa na calçada. Meus olhos sobem pelo jeans, pelo blusão e param no rosto. Ele sorri para mim. Jeanne começa a avançar, eu fico paralisada.

– Bom dia, meu anjo.

Jeanne dá meia-volta e se posta a meu lado. Sem saber, ela sabe.

– Que bom ver você – continua Jérémy, avançando na minha direção, com a mão estendida para acariciar minha bochecha. – Senti tanto sua falta. Demorei para encontrá-la, mas é como se diz: nada pode separar aqueles que se amam. Sei que você acha que agi mal, mas pensei muito e posso explicar tudo. Vamos conversar, pode ser?

– Iris, você está bem? – Jeanne me pergunta.

Balanço a cabeça afirmativamente, mas todo meu corpo grita o contrário. Eu sabia que isso aconteceria, pensei que estaria pronta, encenei esse momento milhares de vezes em minha mente. Era mais fácil sem o personagem principal. Só consigo pensar numa coisa: fugir, desaparecer, ir para um lugar onde ele nunca me encontre. Sinto medo. Dele, mas principalmente de mim. Minha força desaparece diante ele. Minhas resoluções se dissolvem. Ao longo de três anos, ele me despossuiu de minhas convicções, de meu livre-arbítrio. Ele me manipulou. Fui uma pessoa influenciada. Longe de sua ascendência, percebi o tamanho de tudo aquilo. Fico horrorizada com a ideia de que ele ainda possa toldar a realidade, me fazer acreditar que minhas certezas são falsas. Ao longo de três anos, acreditei nele mais do que em mim mesma. Diante dele, não tenho mais certeza de ter me libertado de seu domínio. Sinto a mão de Jeanne acariciando minhas costas. Não posso recuar. Deixo a proteção do guarda-chuva e dou um passo na direção de Jérémy:

— Está bem, vamos conversar.

70

IRIS

Sentamos num café. Ele pede duas Perrier. Jérémy está usando o blusão que dei a ele alguns dias antes de ir embora. Ele pega minha mão:

– Senti tanto sua falta. Fiquei louco de preocupação. No início pensei que tivesse acontecido alguma coisa. É tão bom estar com você de novo. Está feliz de me ver?

Não respondo. Ele sorri:

– Vejo que ainda não me perdoou. Pensei muito, sabe. Tive tempo para isso. Vamos ser felizes, nós três. É um menino?

Faço que sim com a cabeça. Seus olhos se enchem de lágrimas:

– Louis. Como meu avô. Esvaziei o escritório, podemos transformá-lo em quarto. Temos tanta sorte de termos nos encontrado. Almas gêmeas são raras, Iris. Entendo seus medos com a chegada do casamento. Eu também tive alguns. Mas não tenho a menor dúvida de que somos feitos um para o outro. Às vezes, quando amamos demais, amamos mal. Vou ajudá-la a pegar suas coisas e vamos voltar juntos para casa. Acabe sua água primeiro.

Levo o copo aos lábios e tomo tudo de uma vez. Nos últimos tempos, tenho pensado muito em Julie, uma garota que conheci durante os estudos de fisioterapia. Um dia, ela chegou na aula com o supercílio costurado e um olho roxo. Ela tentou nos fazer acreditar que sofrera um acidente com uma porta, mas acabou contando a verdade. Na véspera, o namorado a agredira. Não tinha sido a primeira vez, mas uma das mais violentas. Ela voltara para a casa dos pais e prestara queixa na polícia. Um pouco depois, voltou com o sujeito. Ela não teve coragem de nos contar, ficamos sabendo por acaso. Um dia, nos encontramos só nós duas e ela me explicou. Ela não gostava daquele lado dele, mas o amava. Ele era violento, mas também era atencioso, generoso, engraçado, bom ouvinte. Ele prometeu que pararia, começou a fazer terapia. Não a vejo desde o fim dos estudos, não sei se eles continuam juntos. Mas me lembro exatamente do que pensei na hora. Eu não a entendi. E a julguei, inclusive. Olhando de fora, era evidente que ele recomeçaria, que ela estava enganada, que nenhuma qualidade podia desculpar uma violência. De fora, podemos nos permitir uma visão parcial. Quando dividimos a vida com alguém, é mais difícil ser categórico. Esse é o perigo. Vemos a pessoa por inteiro, com suas nuanças, nos deixamos enternecer por lembranças felizes, permitimos que as qualidades atenuem o imperdoável. Mergulhando no olhar de Jérémy, me lembro de seu beijo na volta do trabalho, de seus carinhos quando ele me percebia melancólica, de suas palavras no espelho do banheiro, dos piqueniques na praia. Mas o fato de essas coisas existirem não impede que sua violência também seja real.

Solto o copo.

– Não vou voltar com você, Jérémy. Acabou, o casamento está cancelado, vou ficar aqui.

Ele aperta minha mão:

– Iris, por favor. Sei que fiz merda, mas reconheça que você não me deu escolha. Como queria que eu reagisse? Ainda está perturbada com a morte de seu pai, é totalmente normal. Você às vezes precisa de ajuda para voltar à razão, pode parecer difícil, mas é para o seu bem. Você sabe que sou o único que realmente a entende.

Antes, aqueles pensamentos teriam se instalado em meu cérebro no lugar dos meus. O recuo dos últimos meses me faz ver detalhes que eu não via quando estava mergulhada naquela história. A manipulação é grosseira. Ele reabre minhas feridas, me faz acreditar que é o único a poder curá-las. Ele acabara com minha autoconfiança, a ponto de me convencer que ninguém poderia aceitar alguém como eu. Ele é um piromaníaco disfarçado de bombeiro.

– Pense no bebê – ele continua, apertando ainda mais minha mão na sua. – Você se dá conta do investimento que isso representa? Nunca vai conseguir sozinha. E não pode privá-lo de mim… Eu sou o pai!

Ele continua falando, cada vez mais alto, mas já não o ouço, não o vejo. Minha mente volta para La Rochelle, para a sala de descanso de meu consultório de fisioterapia.

Sete meses atrás

Não sei se vou conseguir aguentar até a noite. Ele vai ficar louco de alegria. Não paro de olhar para os dois tracinhos coloridos. Eles são categóricos: estou com mais de três semanas. Deve ter sido depois do restaurante japonês, há um mês. Tínhamos brigado por causa do cara na mesa ao lado. Jérémy estava convencido de que ele me encarava. Por mais que eu dissesse que ele estava imaginando coisas, por mais que eu tentasse mudar de assunto, ele voltava para aquilo. Na volta, ele veio tomar banho comigo. Fiquei surpresa com sua brutalidade, aquilo não era comum.

Eu me sentia cansada havia vários dias, quase dormi durante a sessão do pequeno Timeo. Minha menstruação não chegava. Conversei com minha colega Coralie, uma parte de meu ser queria muito. Durante a pausa do almoço, ela foi comprar para mim um teste de gravidez. Eu não conseguia acreditar: a probabilidade de engravidar tomando pílula existe, mas é muito pequena.

Não sei como contar a Jérémy. Ele não gosta de surpresas, mas espero tornar esse momento inesquecível. Na semana passada, ele chorou diante de uma cena de parto. Quando o vejo com a filha de seu amigo Fred, sei que será um pai incrível. Ele às vezes pode ser exigente, mas sempre tem um bom motivo.

Ouço "With or Without You", o toque de Jérémy em meu celular, como acontece várias vezes por dia. Uma vez, esqueci o celular na sala de descanso enquanto estava com um paciente e tive 32 chamadas não atendidas, e quase o mesmo número de mensagens preocupadas na caixa postal. Tento assumir um tom leve, para ele não desconfiar de nada. Quero contar frente a frente. Quero ver seu olhar quando ele descobrir que logo será pai.

A conversa dura dois minutos, o resto do dia uma eternidade. Nunca senti tanta pressa de voltar para casa. Jérémy chega meia hora depois de mim. Ele está sorridente, vem me beijar. A semana acabou, amanhã vamos visitar as grutas de Dordogne. Recuo alguns passos e levanto a camiseta. Na barriga, escrevi com canetinha "Bebê chegando".

— Você vai ser pai, meu amor.

Ele sorri sem entender:

— Como assim?

— Bom, parece que seus espermatozoides fecundaram meu óvulo e que logo seremos pais de um bebê que chora e faz cocô.

Ele ri, pensa que é uma piada. Tiro o teste do bolso do jeans.

— Está zombando da minha cara?

Seu sorriso desaparece, sua voz é gélida. Minha alegria se desfaz. Ele percebe, volta a ser carinhoso, me abraça.

— Estamos tão bem só os dois, meu anjo. Só você e eu. Uma criança nos afastaria, com certeza. Nos amamos demais.

Minha cabeça está entre seu peito e seus braços. Aperto o teste de gravidez na mão.

— Pensei que fosse ficar feliz.

Ele me empurra bruscamente, quase caio no chão.

— Não tente me fazer sentir culpado — ele diz com frieza. — Já falamos sobre isso várias vezes, eu nunca disse que

queria um filho agora. Talvez um dia, veremos. Pensei que isso estava claro.

— Para mim, não.

— Claro que sim, você está deturpando as coisas! Se prestasse um pouco mais de atenção nos outros, não teria feito essa piada de mau gosto. Teria resolvido o problema sozinha. Arruinou o fim de semana.

Ele passa por mim e entra no banheiro. Fico petrificada, incapaz de saber como reagir. Só tenho uma certeza: amo essa criança desde que um tracinho azul a tornou real para mim.

Quando ele sai do banho, estou preparando o jantar. Ele está vestido.

— Vamos comer fora? — ele me sugere.

— Não estou com fome.

— Caramba, Iris, vai fazer todo um drama? Não sou suficiente para você, é isso?

Continuo a descascar o pepino, não respondo. Ele percorre os poucos passos que o separam de mim e cola o rosto no meu.

— Responda! — ele grita. — Não sou suficiente para você?

Seguro as lágrimas:

— Não tem nada a ver com isso.

— Tem tudo a ver com isso! Quero que tudo continue igual, só nós dois, você não pode me impor um bebê. Deve ter esquecido de tomar a pílula, era só prestar atenção. Agora dê um jeito nisso.

— O que quer dizer com isso?

— "O que quer dizer com isso?" — ele repete, me imitando. — Quer que eu desenhe? Resolva o problema, não quero mais ouvir falar sobre isso. Não sei nem se é meu.

Aprendi a não responder, para não atiçar sua raiva. Às vezes, dá certo. Em outras, ele vê meu silêncio como um sinal de desprezo, e é pior ainda.

Ele agarra meu ombro e me puxa com violência. Sou propulsionada para longe da bancada da cozinha. Num reflexo de *proteção, coloco as duas mãos sobre a barriga. O gesto o deixa transtornado. Mal tenho tempo de ver seu braço erguido, sinto uma bofetada forte, que me deixa tonta. Meu ouvido zune, levo uma mão à bochecha, ele aproveita para me dar um soco na barriga. Ouço um grito – meu – e consigo correr para me refugiar no quarto. Agachada atrás da cama, tento ouvir seus passos por trás dos batimentos de meu coração e do zumbido nos ouvidos. Ele vem até mim mais tarde, na hora de deitar. Finjo dormir, virada para a parede.*

– Eu não queria fazer isso, meu anjo. Você me tirou do sério. Nunca mais vou fazer isso, prometo. Está zangada comigo?

Não respondo.

– Iris, está zangada comigo? – ele pergunta mais alto.

– Não – murmuro, tentando parar de tremer.

Ele se deita contra o meu corpo, sinto sua respiração na nuca, suas mãos em meus seios, descendo até a barriga.

– Resolva isso, está bem? – ele murmura.

Não respondo.

– Iris, está bem?

– Está bem.

Não prego o olho a noite toda. Cada segundo é um calvário. Meu cérebro está em ebulição, mudo de ideia a cada minuto. Ficar com ele e perdoá-lo? Tentar convencê-lo? Voltar para a casa de meus pais? Ir para longe? Onde? Cancelar o casamento? Ficar sem ele? Renunciar à minha vida? Renunciar a meu bebê? E se ele me encontrar? E se ele tiver razão?

Ao amanhecer, ele me beija antes de sair para correr. "Até mais, meu anjo, vou trazer croissants." Espero que a porta se feche, vejo-o se afastar pela janela. Coloco as coisas que me caem nas mãos dentro da mala verde. Deixo uma mensagem. "Prefiro ficar sem você do que sem o bebê. Não me procure." Sinto o coração explodindo ao sair de casa. Ligo o carro e vou embora, sem saber para onde ir.

– Vamos, meu anjo, seja razoável – diz Jérémy, pegando minha outra mão. – Quer um pedido de desculpas? Muito bem, me desculpe. Foi uma reação infeliz, você me pegou desprevenido e eu entrei em pânico. Precisa questionar tudo por causa disso? Precisa me fazer sofrer tanto? Eu poderia fazer uma bobagem. E pense nos convidados do casamento. Pense em sua mãe. Sei que você me ama, posso ver em seus olhos. Somos mais fortes que isso. Vamos voltar para casa e construir nossa família.

Retiro minhas mãos das suas e o encaro profundamente.

– Não vou voltar. Não foi uma reação infeliz, foi uma agressão. O auge de um relacionamento abusivo. Não vou argumentar, sei que você sempre vai conseguir inverter as coisas e se convencer de que é a vítima. A gravidez abriu meus olhos. O que eu aceitava para mim nunca aceitarei para o bebê. Vou me recuperar, já comecei. Não tenho mais medo de você, e você não tem mais nenhuma influência sobre mim. Você não me ama, Jérémy, e eu não amava a pessoa que me tornei com você. Não quero vê-lo nunca mais. Se chegar perto de mim mais uma vez, prestarei queixa na polícia. Fui à emergência, no dia seguinte à agressão, para ver se o bebê estava bem. Tenho provas. Fique longe de nós.

Nunca tremi tanto na vida. Pego minha bolsa e meu casaco e saio do café. Na calçada, Jeanne me recebe sob o guarda-chuva.

71
JEANNE

Aquela viagem até Pierre foi a mais comovente que Jeanne já havia feito. A noite tinha sido agitada. Ela se preparava para fazer algo particularmente importante a seus olhos.

Ela tentou pensar em outra coisa, desviando sua atenção para os pedestres, para os carros e para as fachadas que passavam do outro lado do vidro do ônibus. Quando isso não foi suficiente, relembrou os acontecimentos dos últimos dias. Ela ficara assustada com o olhar de Iris ao reconhecer seu ex. Depois da conversa com ele, a jovem contara toda sua história, cujas linhas gerais Jeanne já adivinhara. Théo se oferecera para quebrar a cara de Jérémy, dizendo que seus três meses de aulas de caratê lhe davam certa vantagem sobre o inimigo. Mas ele parecera aliviado quando ela recusara a proposta. Naquela noite, depois de tantas confidências, Jeanne, Iris e Théo tinham oficialmente passado de colocatários a amigos.

Jeanne se aproximou lentamente de Pierre. Suas mãos tremiam mais que o normal. Ela acariciou a fotografia com a mesma emoção de sempre, lembrando-se da dificuldade que fora escolher uma. Ela repassara todos os álbuns, e cada imagem reacendera um momento em sua memória. Ela devia optar por uma foto oficial, que não o representava nem um pouco, ou uma mais natural, mas menos convencional? O retrato do casamento ou o pôr do sol em Saint-Jean-de-Luz? De terno ou jeans? Ele tinha sido tudo aquilo, nenhuma imagem o representava do jeito que ela o conhecia.

– Bom dia, meu amor – ela murmurou. – Não vim sozinha, hoje.

Ela fez um sinal para seus dois companheiros, que se mantinham um pouco atrás. Eles se juntaram a ela.

– Estes são Iris e Théo. Iris, Théo, aqui está Pierre.

Iris cumprimentou a lápide em voz alta, Théo fez uma reverência desajeitada. Para a ocasião, sem que Jeanne pedisse, ele colocara a camisa que ela tentara fazê-lo usar para o encontro com Leila, e a gravata-borboleta. Jeanne contivera o riso, comovida com o gesto. Iris, por sua vez, caíra na gargalhada.

– Eles fazem parte da minha vida. Eu gostaria que você os conhecesse não apenas pelo que conto sobre eles. Iris é uma jovem mulher de força espantosa e profunda generosidade. Ela será mãe de um bebê que tem muita sorte. Théo é um jovem de grande sensibilidade e de coragem infinita. Você os colocou em meu caminho, não poderia ser diferente. Só os dois para me curar de você.

Théo tirou um cisco inexistente dos olhos. Iris assoou o nariz. Quando Jeanne mudou de assunto, eles voltaram para o banco para respeitar sua intimidade.

– Eu quero ser cremado – Théo disse. – Não quero obrigar as pessoas a chorar sobre meu túmulo. Minha mãe se sentia extremamente culpada quando não ia visitar a mãe dela no cemitério. Prefiro que pensem em mim quando quiserem.

– Eu prefiro não morrer – zombou Iris.

– Ah, sim, maneiro também. Melhor aprender a usar as escadas.

Jeanne ficou o mesmo tempo que nas vezes anteriores. Iris e Théo puderam observar o balé dos visitantes do cemitério. Os arrasados, os resignados, os apressados, os contemplativos, os curiosos, os machucados, os solitários, os pares, os grupos, as bisnetas, os netos, os órfãos, as viúvas, as mães, os avós, as irmãs, os primos, os amigos.

– Podemos ir! – Jeanne anunciou, se afastando.

Iris e Théo seguiram atrás dela, mas Théo deu meia-volta e foi até o túmulo de Pierre. Sob os olhares das duas mulheres, longe demais para que o ouvissem, ele murmurou:

– Não acredito nessas bobagens, mas, se for verdade que o senhor me colocou no caminho de sua mulher, muito obrigado. Porque você a colocou em meu caminho também.

72

THÉO

Eu sabia que ficaria no vermelho. Recebi uma correspondência avisando que o pátio só ficaria com ele mais trinta dias. Ela dizia que eu poderia recuperar meus pertences pagando os custos e provando que aquele era de fato meu veículo. Era o que mais me interessava. Separei um pouco de dinheiro todos os meses e, como já estava com duzentos euros, pensei que seria suficiente e fui até o depósito de Montreuil. Quando o funcionário me passou a fatura, logo vi que havia um erro.

– O senhor colocou um zero a mais – eu disse.

– Espertinho, você – ele respondeu.

Não havia um zero a mais, e era impossível pagar em várias vezes. Deixei no carro as mensagens de minha mãe, o 33 rotações de Barry White e a única fotografia que tenho com meu irmão. Quando eu ganhar na loteria, venho buscar tudo. Não preciso de objetos para guardar minhas recordações, mas aqueles são importantes. Saio de lá com a cabeça no passado. Está na hora de entrar nele por inteiro.

São sete horas da noite. Caminho até a casa de venezianas azuis. Ela aparece com frequência em minha vida imaginária, quando deito para dormir. Por trás das pálpebras fechadas, toquei aquela campainha dezenas de vezes. Nunca tremi tanto quanto ao fazer isso em carne e osso. Sinto vontade de sair correndo enquanto é tempo, mas a porta se abre. Um homem sai. Ele deve estar com 50 anos agora. Ele olha para mim como se esperasse que eu fosse vender alguma coisa.

– Marc?

– Sim. Você é...?

Ainda tenho escolha. Medo de fazer uma asneira, de me arrepender, de soar mal, de mudar o destino.

– Sou Théo. O filho de Laure.

Ele desce os dois degraus e se aproxima. Não consigo dizer se está contente ou não. Fico parado, com as pernas moles, o coração na boca.

Ele me pega pelo pescoço e me puxa. Ele me abraça com força, e tudo volta: seu cheiro de couro e cigarro, suas bochechas que espetam, sua risada, as histórias que ele me lia à noite, os desenhos que ele me ensinava a fazer, os exercícios que ele me ajudava a resolver. Ele não era meu pai, mas foi quem mais se aproximou de ser um.

– Caramba, Théo. Eu sabia que um dia você viria. Guardou meu endereço, então?

Impossível falar, então respondo com a cabeça. Ele abre a porta e me faz entrar na casa de venezianas azuis. Ela não se parece com a de meu mundo imaginário, é menor, mais bagunçada, mas tem a vantagem de ser real. Uma menininha chega correndo. Ao me ver, ela se agarra às pernas do pai.

– Mia, vamos cumprimentar o Théo? Ele é irmão de seu irmão, então é um pouco seu irmão também.

– Tenho um novo irmão?

Chegamos à sala, uma mulher está sentada no sofá e me olha fixamente. Marc se dirige a ela, eu o sigo, sem saber o que esperar.

– Este é Théo, filho de Laure.

– Achei que fosse – ela responde, sorrindo para mim. – Sou Ludivine. Fico feliz de finalmente conhecê-lo.

É bom demais, nem em minha mente ousei ir tão longe. Marc quer saber o que ando fazendo, onde moro, ele não pergunta nada sobre minha mãe, mas eu falo do acidente, porque nunca pude compartilhar o que aconteceu com alguém que a amou.

– Sinto muito. Eu não sabia. Há cinco anos, você disse? Por isso ela parou de responder às minhas cartas?

Respondo que sim, mas na verdade eu é que parei de responder, porque parei de lê-las. Quando eu via as fotografias que ele mandava, lembrava demais do que eu tivera e não tinha mais.

– Sua mãe não era má pessoa. Só não foi feita para esse mundo.

Ludivine não me morde, Mia me enche de perguntas, um gato malhado se esfrega em minhas pernas, começo a relaxar, mas o principal está faltando.

– Ele não está aqui?

– Seu irmão? Está fazendo os deveres no quarto! Venha, vamos falar com ele.

Ele me faz subir as escadas na frente. Toda a família está atrás de mim. Tenho a impressão de que vou fazer algo especial, e é exatamente o que vai acontecer.

Uma placa de "sentido proibido" está pendurada na porta. Uma placa de verdade, não um adesivo. Rio por dentro, porque Gérard, Ahmed e eu tínhamos roubado uma num cruzamento perto da prefeitura. Não tivemos tempo de voltar para o abrigo, fomos pegos pelos monitores e tivemos que colocá-la onde a tínhamos encontrado.

Marc passa o braço à minha frente, gira a maçaneta e me faz sinal para entrar. O quarto está escuro, somente uma guirlanda luminosa e a luz da escrivaninha iluminam o ambiente. Meu irmão se vira ao ouvir a porta. Em seu rosto, surpresa:

– Théo? O que está fazendo aqui? Não temos treino hoje à noite!

– Oi, Sam.

73

IRIS

Desde que conversei com Jérémy, minha barriga dobrou de tamanho. Jeanne diz que finalmente estou autorizada a dizer que estou grávida, mas acho que finalmente me autorizo sobretudo a ingerir mais calorias. Em pouco mais de um mês, vou segurar duas coxinhas redondas. Enquanto isso, me atiro nos doces de Théo, que decidiu me fazer um por dia. Jeanne, por puro espírito de equipe, me acompanha nas degustações. O pequeno é talentoso, então às vezes lhe dou o direito de imitar meus passos de pinguim.

Ingenuamente, acreditei que aquele esclarecimento com Jérémy seria suficiente. Ele me ligou duzentas vezes por dia, me inundou de mensagens, ora implorando, ora ameaçando. Nunca respondi. Numa manhã em que fui passear com Boudine, dei de cara com ele na escada. Ele tentou me arrastar à força, com a mão firme em torno de meu braço, os dedos apertando minha carne. Resisti, me debati, ele me empurrou contra a parede e me disse para calar a boca. Obedeci, até o térreo. Comecei a gritar na frente da janela de Victor. Assim que ele colocou a cabeça para fora, Jérémy saiu correndo.

Jeanne me acompanhou até a delegacia. A policial que registrou minha queixa me garantiu que ele logo seria intimado. Por vários dias, não tive notícias dele. Não me tranquilizei. Prefiro quando faz barulho, posso saber de onde ele está vindo. Ele acabou se manifestando hoje de manhã, por SMS.

"Iris, sinto muito chegar a esse ponto, mas não posso mais tolerar seu comportamento. Estou colocando um fim em nosso relacionamento. Não tente me responder ou entrar em contato, não mudarei de ideia. Vou cancelar o casamento. Recuperarei a quantia empenhada vendendo as coisas que você deixou em minha casa. Não pense em me pedir uma pensão, você não pode me obrigar a reconhecer o bebê. Você lhe falará da mãe incrível que ele tem. Eu lhe dei tudo, mas você sempre quer mais. Boa sorte ao próximo. Jérémy."

Entreabro a porta para o alívio, bem devagar. Não ouso acreditar totalmente. Nunca vi Jérémy desistir. Nem de um livro ruim. Ele vai até o fim, por questão de princípio. Da mulher, então...

Quer desapareça ou não, não me livrarei dele tão facilmente. Mesmo ausente, ele está presente. Ainda verei sua sombra pairar por muito tempo sobre mim. Vou continuar me virando na rua, levando um susto ao ouvir uma voz parecida, reconhecendo seu rosto em alguma silhueta. Mas o tempo é meu aliado. Cada dia me afasta dele e me aproxima de mim.

Chegou a hora de lidar com um detalhe. Sento na beira da cama e faço uma ligação.

– Mãe, sou eu.

Agora posso lhe contar a verdade, mesmo poupando-a de certas coisas. Conto das frases violentas, das humilhações, das críticas, da violência. Do medo, da vergonha, do isolamento. Dispenso os detalhes sórdidos, mas não deixo espaço para ela desculpar Jérémy. Quando acabo, ela me responde aos soluços.

– Nunca pensei – ela murmura, recuperando o fôlego. – Ele não parece... ele é tão... enfim, eu nunca pensaria isso dele. Sinto muito, minha querida, você deve ter se sentido tão só.

Ela volta a chorar, eu a tranquilizo: ela viu o que eu queria que ela visse, não precisa se sentir culpada.

– Por que você não me contou? Tenho certeza de que a teria feito deixá-lo antes, se soubesse.

– É mais complicado que isso, mãe, você sabe.

– Sim, sim, com certeza, mas mesmo assim. Não devemos esperar, ao primeiro sinal de alerta, melhor ir embora. Não entendo essas mulheres que ficam com homens violentos. Elas têm uma parte de respon…

Ela interrompe a frase. A frase que ouvi tantas vezes, desde sempre. Em minha própria boca, às vezes. Essa frase que inverte os papéis, que atenua a responsabilidade do culpado e sobrecarrega a vítima. Essa frase que sugere que as mulheres agredidas merecem o que acontece com elas, porque elas não foram embora. Minha mãe talvez entenda, agora que a frase se refere à sua filha. Pois o ser humano é assim, infelizmente: ele só entende certas coisas quando as confronta pessoalmente.

Medo. Amor. Dominação. Culpa. Filhos. Solidão. Falta de recursos. Não ter para onde ir. Existem tantos motivos quanto situações. A vítima nunca é culpada.

Depois de vários segundos de silêncio, minha mãe continua:

– Vou jogar fora o vaso que ele me deu. Não quero mais nada dele. Se ele voltar aqui, vai ver só!

– Tem outra coisa, mãe.

– Ah?

– Não sei dizer por que fiquei, mas sei dizer por que fui embora.

Quando vou para junto de Jeanne e Théo na sala, depois de anunciar à minha mãe que ela será avó – e de ouvir sua alegria e seus conselhos –, um *baba au rhum* me espera.

– Rum sem álcool! – Théo deixa bem claro.

Jeanne pega sua colherinha:

– Espero que não no meu.

74

JEANNE

Jeanne segurara as lágrimas a maior parte da vida. Ela não apenas as escondera dos outros como também sozinha, sem olhares para julgá-la, as engolira. Era assim que tinham lhe ensinado, e ela obedecera com um zelo respeitoso. No enterro de Pierre, ela quisera se manter digna, perguntando-se por que essa palavra se manifestava pela ausência de lágrimas. Como se chorar fosse indigno, como se a dor fosse vulgar.

A força de sua tristeza derrubara aquela represa. Na primeira vez, ela ficara com medo de nunca mais conseguir parar. Seu corpo inteiro acompanhara o choro: os olhos, a boca, a garganta, o diafragma, a barriga, as mãos. Ela se sentira animal, selvagem, e acabara exausta, mas surpreendentemente apaziguada. Essa descoberta inesperada a encorajara a se entregar de novo assim que sentisse necessidade. Jeanne agora chorava de manhã, de tarde e de noite, dependendo da posologia prescrita por ela mesma. As lágrimas lavavam a falta de Pierre, a ausência de Louise, a morte de seus pais, seu ventre vazio.

As lágrimas consolavam. Ela teria gostado de saber isso antes. Ela não entendia por que tornavam vergonhoso um ato tão libertador. Assim, quando Iris começou a chorar ao falar do filho que não conheceria o avô, ela não tentou secar as lágrimas da jovem. Pelo contrário, ela a abraçou e a encorajou a deixar sua dor secar.

Gostava muito da pequena. Não era raro que ela a lembrasse de si mesma, com suas camadas de proteção e seu excessivo respeito às convenções. Ela gostava das manhãs em sua companhia, costurando e conversando sobre tudo, sobre nada, sobre elas mesmas. Aquele era um de seus novos hábitos.

– Meu Deus! – exclamou Jeanne, tirando os olhos do saco de dormir para bebê que estava fazendo. – Não vi a hora, estou terrivelmente atrasada.

Ela pegou a bolsa, o casaco e os sapatos e saiu correndo do apartamento. Não conseguiu pensar em mais nada o trajeto todo. Era inconcebível. Ela simplesmente esquecera do encontro com Pierre.

Quando enfim chegou, não pôde deixar de se desculpar:

– Fiquei totalmente absorta no trabalho. Ele exige bastante minúcia, estou fazendo o bordado inglês à mão. Não vi o tempo passar. É a primeira vez que acontece, não consigo acreditar.

Jeanne limpou a lápide com cuidado. A chuva da véspera deixara algumas manchas. Ela foi à torneira para mudar a água das flores e notou um detalhe que lhe escapara até então. Ela deixou o vaso cair. Com uma mão na boca, aproximou-se do túmulo vizinho. Ele sempre estava florido, Simone trocava as flores assim que começavam a murchar, mas nunca chegava àquele ponto. Os buquês e as coroas de flores cobriam totalmente a pedra. Novas lápides pareciam ter sido colocadas. Ela se aproximou para verificar seu pressentimento. Simone Mignot agora passava a eternidade ao lado do marido.

Jeanne sentiu uma tristeza inesperada por aquela mulher que mal conhecia, mas com quem compartilhara tanto. Ela esqueceu o vaso e as convenções.

– Simone morreu – articulou, sem forças, a Pierre. – Pensei que tivesse voltado à vida, liberada de seus entraves, mas não. Ela morreu depois de não ter vivido. Não paro de pensar no que ela me disse no Ano-Novo. "A vida está do outro lado do portão." Não existe acaso, meu amor. Hoje, esqueci nosso encontro porque estava ocupada vivendo. Sei o que você me diria se me visse vir aqui todos os dias.

Ela fez uma pausa, com os olhos fixos no banco vazio, e inspirou fundo:

– A associação para a qual ofereço minhas criações me convidou a dar aulas de costura a mulheres em situação de vulnerabilidade. Recusei, porque isso me impediria de visitá-lo duas tardes por semana. Mas acho que vou aceitar. Ainda virei incomodá-lo várias vezes, não vou mudar tanto assim. Mas nossos encontros não necessariamente ocorrerão aqui. Você está sempre comigo, a cada segundo, em cada respiração.

Jeanne acariciou a fotografia de seu Pierre adorado.

– Venha, meu amor, vamos para o outro lado do portão.

75
THÉO

Hesitei em largar o caratê. Só me inscrevi para conhecer meu irmão, e nunca gostei muito da coisa, mas sempre era um momento a mais com Sam.

Não consigo parar de repassar a cena de nosso reencontro. Pela primeira vez a realidade é melhor que minha vida imaginária, não vou me privar dela. Ele estava na escrivaninha, fingindo fazer os deveres. Foi seu pai que lhe disse quem eu era, minha voz tinha sumido. Ele não tinha nenhuma lembrança comigo, era normal, na última vez que me viu devia ter 3 anos, mas aparentemente ouviu falar de mim várias vezes. Se eu soubesse que havia um lugar no planeta em que eu existia para alguém, não teria esperado tanto para vir.

Marc filmou a cena. A irmãzinha de Sam foi se colar em seus braços. Ele não gostou muito da história do caratê.

– Não sei por que você mentiu.

– Eu não sabia como você reagiria. Não sabia se você sabia que tinha um irmão.

– Meu pai tinha certeza de que um dia você viria. Eu não. Não se deve vender a pele do urso antes de acabar com ele.

– Sam, você precisa parar de falar assim! – Marc disse, interrompendo o vídeo.

O menino riu, olhando para mim, e eu não consegui deixar de imitá-lo. Nossa mãe com certeza o teria chamado de "meu palhacinho".

Eles me convidaram para jantar, mas preferi voltar. Eu já estava sobrecarregado de emoções que meu corpo não conseguia conter.

Recebi duas mensagens de Marc depois disso, mas nenhuma notícia de Sam.

No início da aula de caratê, à espera de que ele chegasse, me senti como se estivesse esperando uma garota depois do primeiro beijo, me perguntando se ele apertaria minha mão, me daria um beijo ou me ignoraria. Ele me cumprimentou de longe e não me dirigiu a palavra depois. De tempos em tempos, eu captava um olhar de canto de olho, mas nada mais. Assim que a aula terminou, nem troquei de roupa, fiquei de quimono, coloquei os tênis, o blusão e fui embora. Eu estava quase chegando à estação de metrô quando ouvi uma bicicleta atrás de mim.

– Théo! Você me acompanha até minha casa?

Dou de ombros, para fazer estilo, mas meu cérebro dá pulos. Ele empurra a bicicleta, eu caminho a seu lado, sem confessar que, na primeira vez que fizemos isso, eu que esvaziara os pneus.

– Você saiu super-rápido – ele me diz.

– Trabalho cedo amanhã.

– Que sorte! Meu pai me disse que você era confeiteiro. Não vejo a hora de trabalhar, mas não vai ser amanhã. Detesto a escola, principalmente matemática. Estamos aprendendo a dividir, não aguento mais.

– O que você quer fazer quando crescer?

– Meu sonho é trabalhar na cabine de pagamento dos postos de gasolina. Meu pai me disse que esse não é um trabalho de verdade, mas nele você conhece um monte de gente e fica sentado o tempo todo, deve ser irado. Senão, professor de escalada ou de caratê. Você tem notícias da mamãe?

A pergunta me pega desprevenido.

– Seu pai não contou?

– Ela teve um acidente, não é? Você a visita sempre?

– Uma vez por mês. Quer que a gente pergunte pro seu pai se você pode ir junto?

Ele se abaixa para amarrar o cadarço enquanto seguro a bicicleta.

– Não sei – ele responde. – Minha mãe de verdade é Ludivine. A outra me abandonou.

Não respondo. Para algumas coisas serem compreendidas, não precisamos de explicações, mas de tempo. Um dia, talvez, Sam saberá que foi mais complicado. Não foi a nós que ela abandonou, mas a si mesma. Ela caiu na armadilha de uma relação forte demais para ela. Um dia, mostrarei a ele o texto que ela escreveu quando eu era pequeno e que pendurei na parede do quarto dela. Eles o encontraram em sua carteira, depois do acidente. Ela o chamou de "A boca pintada".

Chegamos na frente da casa de venezianas azuis. Sam bate o punho no meu e me pergunta se vamos nos ver antes do próximo treino. Eu o convido para um cinema no fim de semana, ele aceita e, depois de abrir a porta, diz:

– Você demorou para chegar, mas estou feliz de ter um irmão.

A BOCA PINTADA

— Por que você pintou a boca?

Acaricio seus cachos rezando para que você não espere uma resposta de verdade. O que eu poderia dizer? "Querido, mamãe se prepara para fazer a maior asneira de sua vida, então ela decidiu que um pouco de batom poderia ajudá-la a se sentir menos feia, só isso, agora sonhe com os anjinhos."

Coloco a coberta sobre você e Dudu. Você botou uma meia de cada par, de novo: ursinhos num pé e estrelinhas no outro. Você é tão pequeno.

Tenho vontade de deitar a seu lado, de mergulhar o nariz em seus cabelos e de abraçá-lo com força, mas já está tarde. Não posso recuar. Beijo você uma última vez e fecho a porta de seu casulo. A poucos metros, na cozinha, para que você não o veja, meu primeiro amor me espera.

Fazia cinco anos que não nos víamos. Eu o avistei algumas vezes, mas consegui ignorá-lo. Eu tinha prometido a seu pai.

Fico com a mão na maçaneta, petrificada de culpa. Como posso convidá-lo para minha casa, para nossa casa, depois de todo o mal que ele me fez? Sei que ele não irá embora. Ele me enoja tanto quanto me atrai. Eu o vomito tanto quanto o amo.

Eu não tinha nem vinte anos quando o conheci. Foi numa festa, todo mundo se divertia, e eu, como sempre, estava paralisada por minha timidez. Eu me sentia invisível.

Até que o vi.

Seu jeito, sua cor clara, seu cheiro. Sua popularidade. Me agarrei a ele e não o larguei a noite toda. Confessei-lhe todo meu mal-estar, ele me tranquilizou, me consolou. Conseguiu até me fazer dançar. Os outros não importavam mais.

Voltamos a nos ver no dia seguinte. Nunca me senti tão bonita, tão engraçada, tão forte. Com ele, tudo era possível. Ele me transformava naquela que eu sempre sonhara ser.

Eu estava tão feliz.

Mas não durou.

Todo mundo gostava dele, menos meus pais. Eles me proibiam de vê-lo, mas eu não conseguia ficar sem ele. Comecei a mentir, a encontrar desculpas para ficar com ele. Passava a noite toda na rua, colocava ele para dentro de casa quando todos estavam dormindo. Uma noite, acordei minha mãe com meus soluços. Não a ouvi entrar, ela nos surpreendeu em meu quarto. Ela começou a gritar e o pôs pra fora. Fui embora com ele.

Depois a coisa degringolou. Quando conheci seu pai, eu estava destruída por anos de influência dele. Seu pai me tirou daquilo, me recuperou com a força do amor e da paciência. Alugamos uma casa, encontrei um emprego, nos casamos. Aprendi a amar essa felicidade simples, mesmo sem conseguir esquecer. Quantas vezes quase fraquejei, quantas vezes precisei lutar para não voltar a procurá-lo?

Então você chegou, com seus longos cílios que espalham felicidade e seus sorrisos que apagam a feiura. O passado realmente se tornou o dia em que você nasceu. Esqueci a violência, as traições, as mentiras. A vida me deu uma chance. A morte a tirou de mim.

Desde que seu pai morreu, tento aguentar firme, juro que tento, meu amor. Me agarro com todas as forças a minhas promessas e a seu futuro, mas o outro está aqui, em minha mente, em minha carne, em meus sonhos. Minha cabeça o repele, mas meu corpo o reclama.

Só mais uma vez. Uma única vez.

Abro a porta da cozinha. Ele está ali, na minha frente. Ele não mudou.

É tão bom senti-lo perto assim.

Num último impulso, tento me lembrar que ele me afastou de todos, me fez parar os estudos, me deixou doente. Mas seu cheiro. Droga, esse cheiro.

Dou um passo em sua direção.

Meu coração bate em minhas têmporas, já não consigo pensar. Estendo a mão, ele está aqui, ao alcance de meu toque, de minha carícia. Senti tanto sua falta. Fecho os olhos e aproximo meus lábios.

Só mais uma vez. Uma única vez.

Não sei que horas são quando a porta de seu quarto se abre. Não sei nem que dia é. Nem por que começo a rir às gargalhadas. Não vejo você imediatamente. Não ouço suas meias desemparceiradas se aproximarem de mim. Deitada no sofá, viro a cabeça quando sua voz chega até mim.

— Tudo bem, mamãe? O que está fazendo no sofá? Está falando com quem? A pintura de sua boca escorreu.

Está tudo bem, não se preocupe. Sou forte, sou engraçada, sou bonita. Não vai acontecer nada.

— Volte para a cama, querido. Mamãe está passando a noite com um velho amigo.

E caio na gargalhada, levando o gargalo de meu primeiro amor aos lábios.

76

IRIS

Jeanne não quer me acompanhar na caminhada diária.

– É domingo, tenho mais o que fazer – ela decreta.

Mais o que fazer significa, ao que tudo indica, um documentário sobre peixes-boi na companhia de Théo. Eu me pergunto se devo ver nisso uma mensagem, a maneira como esses animais se deslocam me lembra estranhamente de mim.

Levo uma eternidade para descer os três andares. Cogito seriamente instalar um sistema de polias para compensar a ineficácia de meus ligamentos. Ao contrário de sua dona, Boudine demonstra entusiasmo, que logo arrefece diante de minha lentidão.

A gravidez exalta minhas emoções, sou uma versão aumentada de mim mesma. Alterno entre lamentações e maravilhamentos, risos e lágrimas. A cada dia amo mais meu filho, imagino seu rosto, converso com ele, cheiro suas roupinhas. Comprei algumas, mas a maioria foi feita por Jeanne. Não vejo a hora de vê-lo dentro delas. Minha impaciência foi contrabalançada pela última ultrassonografia. Segundo o peso estimado para o parto, meu filho será como Átila, destruirá tudo ao passar.

Jérémy não me suportaria grávida.

Como eu temia, o descanso foi curto. Poucas horas depois da mensagem de rompimento, ele enviou outra:

"Meu anjo, vamos nos dar uma chance, faremos o esforço necessário. Não faça isso comigo. Amo você."

Não respondi, como não respondi às que vieram depois. Eu esperava que o fato de ter prestado queixa o trouxesse à razão, mas isso claramente não aconteceu. Ele precisa ser aquele que toma as decisões. Ele perderá o interesse por mim quando exercer seu poder de decisão, talvez depois de conhecer outra pessoa, talvez por cansaço. Até lá, me mantenho à espreita. No fim das contas, as coisas não mudaram muito desde que saí de La Rochelle. Mas tudo mudou: já não estou sozinha.

Boudine e eu voltamos quase duas horas depois, uma e meia só na escada. Que ideia escolher um prédio sem elevador! Isso ainda vai acabar mal. Imagino as manchetes: "Recorde mundial: uma mulher grávida – ou seria um peixe-boi? – leva três dias, quatro horas e cinquenta e seis minutos para sair de seu apartamento. Um guindaste é chamado".

Jeanne e Théo continuam na mesma posição. Muito suspeito, pelo que Victor me disse há pouco: cruzou com eles no hall durante minha ausência.

– Vocês desceram? – pergunto.

– Claro que não! – Jeanne se apressa em responder.

– Por quê? – pergunta Théo.

– Porque Victor viu vocês lá embaixo.

– Que dedo-duro – suspira Jeanne.

Ela se levanta e me faz um sinal para segui-la, Théo atrás dela, Boudine atrás de Théo.

– Feche os olhos, não vale roubar! – ela me intima diante da porta de meu quarto.

Ouço o rangido, as unhas de Boudine no assoalho, a cortina, um suspiro e: "Tadáaá!". Abro os olhos. A mesinha que eu nunca usava tinha desaparecido. Em seu lugar, um berço verde-água.

– Ele parece o…

Não termino a frase, por medo de machucar Jeanne. Ela a conclui para mim:

– O berço que estava no porão, exatamente. Théo me ajudou a pintá-lo, notei que você gostava de verde.

– Jeanne, é... não sei o que dizer. É maravilhoso.

Théo coloca as mãos sobre a boca para imitar um som de microfone:

– Lágrimas em 3, 2, 1...

Tento conter o choro para contradizê-lo, mas minhas glândulas lacrimais não me obedecem. Jeanne me abraça com força.

– Fico feliz que finalmente tenha uso – ela murmura. – Sonhei tanto com o dia em que veria um bebê dentro dele.

– Vocês são mesmo um saco – Théo desabafa. – Passei a vida toda construindo uma armadura, vocês chegam e acabam com ela.

77

JEANNE

Jeanne estava lendo a carta que tinha acabado de encontrar na caixa de correio quando Iris entrou na sala.

– Acho que estou tendo contrações.

Jeanne sempre afirmara ter um sangue-frio inabalável. Várias vezes ela garantira a Pierre que, em caso de urgência, saberia refletir com calma e tomar decisões racionais. Assim, diante do anúncio repentino de sua jovem amiga, ela soube reagir de maneira sensata e metódica:

– Merda, começou.

– Não pode ser isso, é cedo demais – disse Iris. – Deve ser alarme falso. Vai passar.

Para ilustrar suas palavras, ela se dobrou ao meio com um longo gemido. Jeanne pulou do sofá:

– Vamos para a maternidade.

– Espere, não há pressa. A parteira me disse que as contrações podiam começar várias semanas antes do parto, vai passAAAAAAAAAAAAH CARAMBA COMO DÓÓÓI!

Jeanne ficou paralisada por alguns instantes, mas voltou a si e arrastou Iris para a maternidade.

No segundo andar, ela constatou o fracasso de sua iniciativa: Iris descia um degrau por contração. Naquele ritmo, ao chegar ao térreo a criança teria 3 anos. Ela pegou o celular e ligou para Victor. Ele chegou rapidamente e carregou a futura mamãe e sua carga até a rua.

Por sorte, a maternidade ficava a duas ruas de distância. Victor acompanhou as duas mulheres. Iris precisou fazer várias pausas, apoiada numa Jeanne que quase desmaiava a cada novo gemido.

Jeanne nunca estivera tão próxima de uma gravidez, e menos ainda de um parto. Mas essa não era a única causa de sua emoção. Jeanne sentia por Iris e Théo algo que nunca sentira antes de conhecê-los. Ela jamais ousaria afirmar que os amava como se eles fossem seus filhos. Ela os amava e ponto, e era o suficiente para se preocupar com eles.

— Talvez seja a torta *tatin* de Théo — Iris arquejou entre duas contrações. — Estava com um gosto estranho, não tive coragem de comentar.

— Iris, você vai ter um bebê — Jeanne respondeu com firmeza.

A jovem negou, antes de ser silenciada por uma nova onda de dor.

Na recepção, Jeanne explicou o motivo da visita e se encarregou de pegar os documentos solicitados na bolsa de Iris. Quando esta foi levada para a sala de exames, Jeanne se dirigiu para a sala de espera.

— Jeanne, você pode me acompanhar?

Ela não se fez de rogada. E se sentou num canto da sala, para não incomodar as movimentações da equipe. Jeanne ficou impressionada com o que via. Um homem colocou duas cintas em torno da barriga de Iris e prendeu alguns captadores embaixo delas. Números apareceram na tela de uma máquina.

— Este número marca o ritmo cardíaco de seu bebê. E este a intensidade das contrações. Avise quando sentir uma.

Uma mulher examinava Iris. Instintivamente, Jeanne se aproximou da amiga e acariciou sua testa.

— Vai dar tudo certo.

— Estamos aqui por nada — ela respondeu.

Uma careta deformou seu rosto e Jeanne viu a barriga de Iris se contrair até ficar dura. O número na tela aumentou. A parteira tirou as luvas e se aproximou de Iris.

– O trabalho de parto começou. Quando sair daqui, estará com seu bebê no colo.

Iris riu e chorou ao mesmo tempo. Jeanne pegou sua mão e a acariciou com o polegar.

– Você pode ficar comigo?

Jeanne concordou, depois se dirigiu para a primeira pessoa de jaleco rosa que viu e perguntou se havia algum lugar onde ela pudesse se deitar por alguns minutos e desmaiou.

78
THÉO

Nathalie está de péssimo humor. É preciso conhecê-la para perceber, porque seu rosto está sempre de mau humor, mas agora, além de suspirar a cada dez segundos, ela solta um grunhido. Enfim, parece mais o barulho de um cortador de grama que não consegue ligar. É por causa de Leila, que ousou contradizê-la na frente de um cliente. Ele pediu uma baguete menos assada, Nathalie lhe deu uma bem escura e Leila sugeriu outra, mais branquinha. Desde então, ela não para.

– Você não pode passar por cima de mim na frente dos clientes. Quem você acha que é? Você não tem minha experiência, caso tenha esquecido. Passo por que tipo de pessoa, agora?

Tenho uma resposta para a última pergunta, mas não acho que ela lhe agrade. Assim que consegue, Leila gesticula para me comunicar sua aflição ou para imitar Nathalie. Dou risada, mas temo que ela nos veja. Ela certamente já percebeu…

A cada vez que Leila e eu nos cruzamos, damos um jeito de nos tocar. É mais forte que nós. Nunca senti isso antes, preciso vê-la, senti-la, ouvi-la. Enfim, ela passou atrás de mim enquanto eu preparava o creme inglês e aproveitou para passar a mão na minha bunda. Ouvimos um grito tão assustador que chegamos a pular.

– O que é isso? – perguntou Nathalie, apontando para meu traseiro.

– Isso? – respondi. – Acho que é minha bunda.

– Não se façam de desentendidos, já entendi tudo. Leila, por que passou a mão na bunda de Théo?

– Foi sem querer, escorreguei e me agarrei onde pude. É difícil não rir.

– Vocês estão namorando?

– Não – respondemos ao mesmo tempo.

– Atenção, pessoal! Estou de olho em vocês. Nada de namoricos por aqui, não estamos no *The Dating Game*.

Não entendi o que ela quis dizer, mas não respondi. Continuamos o trabalho torcendo para ela ter acreditado, mas tenho sérias dúvidas.

Meu celular vibra no bolso. Me escondo para ver quem é, senão ela vai me encher o saco de novo. É Jeanne. Me tranco no banheiro e atendo, num murmúrio.

– Jeanne, tudo bem?

– Iris está em trabalho de parto.

Preciso esperar três horas até poder ir ao encontro delas. Nathalie não me deixaria sair antes da hora, nem pergunto. Assim que saio, vou direto para a maternidade. Uma mulher me pergunta se sou parente de Iris.

– Sou seu filho.

Ela me leva até um quarto.

– Talvez demore – ela diz. – Quer que ligue a televisão?

– Não, obrigado. Estou bem.

Me arrependo na mesma hora. Meu celular está quase sem bateria e meu mundo imaginário é de difícil acesso sob estresse. Estou condenado a ler o regulamento interno, os cartazes sobre amamentação e sobre o contato com o bebê. Conto tudo a Leila, para fazê-la rir. Ela aparece uma hora depois, com um carregador e sanduíches.

Sinto um nó na garganta, não consigo engolir nada, mas me obrigo a comer, de tão comovido que fico com seu gesto. Ela deve ter notado:

– Está com medo?

– Um pouco.

– Você gosta bastante dela, não é mesmo?

Penso por alguns instantes, porque tudo é muito novo, incomum, ainda não foi totalmente integrado à minha base de dados interna, e respondo:

– Sim, muito. Jeanne e Iris são minha família.

79

IRIS

Gabin dorme, aninhado em meu seio.

Gabin Dominique. Meu pai no segundo nome.

Eu não sabia o que esperar. Algumas mães falam em amor imediato, outras precisam de tempo para conhecer de fato os filhos. Me preparei para as duas possibilidades. Foi uma explosão. Meu coração dobrou de tamanho para dar espaço a ele. Quando a parteira o colocou em cima de mim, o olhar de meu filho mergulhou no meu e eu vi tudo o que ele entregava a mim, tudo o que tínhamos pela frente. Eu me sinto completa. Não sabia que me faltava alguma coisa até ele vir preenchê-la.

O enfermeiro empurra minha maca pelos corredores. Estou sendo levada para o quarto. Jeanne caminha a meu lado. Ela ficou comigo por todas as nove horas do parto, segurando minha mão, me encorajando, me tranquilizando, tapando os ouvidos quando eu praguejava contra o mundo todo. Ela substituiu minha mãe, que pegou a estrada assim que soube e deve chegar no final da manhã.

A porta se abre. Théo dorme na poltrona. Ele acorda assustado ao nos ouvir.

– Eu não estava dormindo! – ele explica, com os olhos semicerrados. – Leila foi embora, ela precisava descansar, caramba, como ele é pequeno!

– Diga isso a meu períneo.

Ele ri. Viro Gabin suavemente, Théo se inclina para observar seu rosto.

– Como é bonito. Não sei a quem puxou.

Jeanne ri, depois me pergunta com os olhos se pode tocá-lo.

– Quer pegá-lo? – pergunto.

– Nunca! – exclama Théo, recuando. – Sem contato na primeira noite.

– Eu estava falando com Jeanne.

– Quero – ela murmura com os olhos brilhando.

Nós o levantamos a quatro mãos e depois de alguns gestos incertos ela consegue encaixar Gabin na curva de seu braço esquerdo. Ela acaricia sua bochecha com toda a delicadeza, pega seus minúsculos dedinhos, beija sua testa. Eu os observo e me pergunto até onde um coração pode aumentar sem explodir.

– Preciso trabalhar – Théo diz, consultando a hora no celular. – Passo para vê-la no fim da tarde, se você não estiver cansada demais.

– Vou com você – Jeanne responde, colocando Gabin no meu colo. – Iris precisa descansar, e eu também.

Ela se inclina para deixar um beijo em minha testa, se afasta um pouco e mergulha os olhos nos meus.

– Obrigada, minha querida. Foi um dos momentos mais lindos da minha vida.

Não preciso responder, meu olhar expressa tudo o que sinto.

Estou sozinha com meu filho. Sua barriga se eleva no ritmo de sua respiração. Às vezes, um pequeno gemido escapa de sua boca. Ele está usando um pijaminha e um gorrinho de veludo branco, feitos por Jeanne. Não consigo tirar os olhos de seu corpinho. Sei que nunca vou me cansar desse espetáculo. O imensamente pequeno me faz viver o imensamente grande.

Agora vou saborear as horas a sós com meu filho. Vou me fartar de seu cheiro, de suas lágrimas, de seus soluços. Depois voltarei para o apartamento em que cheguei por acaso num dia do ano passado, ao lado de dois perfeitos estranhos que eu não fazia questão de conhecer. O apartamento que devia ser um refúgio provisório e que se tornou meu lar. Os perfeitos estranhos que deviam ser apenas colocatários transitórios e que se tornaram meus amigos. Vou recomeçar minha vida, da qual eles já fazem parte.

As incertezas ainda são várias. Não sei se vou encontrar um lugar para morar, se vou voltar a trabalhar como fisioterapeuta, se vou ficar em Paris. Amanhã é outra vida. Mas de uma coisa eu sei. Alguns laços levam décadas para se formar, outros logo se tornam indestrutíveis. Como as certezas. Jeanne e Théo são minhas certezas. Não importa o que aconteça, sempre teremos uns aos outros.

EPÍLOGO

15 de junho

Jeanne mergulhou os dois pés no círculo de luz que banhava seu assoalho. Exatamente um ano atrás, ela fizera aquele mesmo gesto, apreciara aquele mesmo calor, sentira aquela mesma serenidade, logo antes de seu mundo cair. Ela ficou bastante tempo daquele jeito, nua, de cabelos soltos, com os olhos fechados, oferecendo sua vulnerabilidade às suas lembranças.

Quando conseguiu sair do passado, ela se vestiu, se penteou e foi ao encontro de Iris e Théo na sala.

– Ele dormiu – cochichou a jovem.

Jeanne se aproximou do berço ao lado do sofá. Duas minúsculas mãozinhas emolduravam o rostinho do bebê que a cada dia ocupava mais espaço em seu coração.

– Hoje é um dia especial – ela murmurou, sentando no sofá. – É o primeiro aniversário da morte de Pierre. Não consegui fazer isso antes, mas hoje quero contar tudo a vocês.

Então Jeanne começou a falar. Da mala, da viagem de *motorhome*, do céu azul, de Pierre descendo para comprar pão, do ajuntamento de pessoas na calçada, da massagem cardíaca, da ambulância, do último olhar. De um só fôlego, ela narrou os últimos instantes de uma vida pretérita, com o olhar mergulhado no passado. Ela não viu Théo empalidecer. Ela não viu Iris colocar a mão sobre a boca.

Ao longo de nossas vidas, conhecemos milhares de pessoas. Laços invisíveis se tecem entre elas e nós, laços que formam a pessoa que somos. Alguns são efêmeros, outros duradouros, todos exercem uma influência sobre nossas vidas. Da pessoa com quem trocamos algumas palavras numa fila de espera à que escolhemos para compartilhar um pedaço de nosso caminho. Há rostos que passam e outros que permanecem. Há rostos que escolhemos e outros que se impõem. Há rostos que esquecemos e outros que nos marcam. Há rostos com os quais cruzamos várias vezes.

Iris. Théo. 15 de junho passado.

Théo se lembrou do grito de Nathalie. "O cliente está passando mal!" Ele trabalhava na padaria havia poucos dias. Ele repassou rapidamente os gestos aprendidos durante o curso de primeiros socorros e foi correndo para a rua fazer uma massagem cardíaca no homem caído na calçada.

Iris se lembrou do ajuntamento de pessoas. Alguns curiosos estavam reunidos em torno de uma pessoa caída no chão. Ela passava por ali a caminho de uma entrevista de emprego para uma agência de cuidadores. Ela perguntou se alguém chamara uma ambulância, ninguém respondeu. Ela se encarregou de telefonar.

Os dois se lembraram da senhora que viera correndo, de pés descalços. Eles deixaram o local com a chegada da ambulância, guardando na memória as lágrimas da mulher, mas não seu rosto.

Eles disseram a Jeanne que seus caminhos já tinham se cruzado. Que, sem saber, eles estavam ligados. Que eles sentiam muito por não ter conseguido salvá-lo.

Ela ficou um bom tempo em silêncio, digerindo as informações, admirada com os pequenos mistérios da vida, contemplando aqueles rostos que tinha visto sem enxergar, depois sorriu.

"Vocês não o salvaram, mas vocês *me* salvaram."

AGRADECIMENTOS

Quando comecei a escrever este romance, eu só tinha certeza de uma coisa: ele falaria de encontros. Estou convencida de que as pessoas com que cruzamos ao longo da vida influenciam nossa trajetória. É por isso que, ao escrever esses agradecimentos, penso nos encontros que, dia após dia, constroem a mulher e a romancista que sou.

Obrigada à minha família – minha base, meu pedestal, meus pilares, meu oxigênio: meus filhos e meu marido, com quem compartilho meus dias, minhas noites e meu coração. Minha mãe, meu pai, minha irmã, meu sobrinho, minha sobrinha, meus avós, minhas tias, meus tios, tão importantes.

Obrigada a meus amigos – minhas certezas: Sophie, Cynthia, Serena, minhas queridas Bertitis, que me provaram que a amizade verdadeira pode nos surpreender em qualquer idade. Marine, Gaëlle, Baptiste, Justine, Yannis, Faustine, por estarem a meu lado há tanto tempo.

Obrigada a todas e todos que aceitaram reler meu texto antes da publicação e que me permitiram, com seus comentários, melhorá-lo: Arnold, Muriel, Serena Giuliano, Sophie Rouvier, Cynthia Kafka, Baptiste Beaulieu, Constance Trapenard, Audrey, Marie Vareille, Michael Palmeira, Sophie Bordelais, Florence Prévoteau, Marine Climent, Camille Anseaume.

Um agradecimento infinito a Fabien, ou Grand Corps Malade, que, além de ser um artista talentoso, é um homem generoso que me autorizou a utilizar seu magnífico título "Il nous restera ça". Recomendo a todos que ouçam seus álbuns, especialmente este. A música "Pocahontas" me faz chorar sempre que a ouço, há anos.

Obrigada à minha editora, Alexandrine Duhin, pela presença infalível e pelas palavras que sabem me colocar no caminho certo quando empaco.

Obrigada a Sophie de Closets pela confiança, pelo olhar justo e pela amizade.

Obrigada a todas as pessoas que trabalham à sombra para que as palavras digitadas em meu teclado se transformem no livro que você tem em mãos, com as quais, para muitas delas, lindos laços se formaram:

Na editora Fayard: Jérôme Laissus, Sophie Hogg-Grandjean, Katy Fenech, Laurent Bertail, Carole Saudejaud, Catherine Bourgey, Éléonore Delair, Florian Madisclaire, Pauline Duval, Romain Fournier, Pauline Faure, Ariane Foubert, Véronique Héron, Iris Neron-Bancel, Florence Ameline, Clémence Gueudré, Anne Schuliar, Delphine Pannetier, Martine Thibet.

Na editora Livre de Poche: Béatrice Duval, Audrey Petit, Zoé Niewdanski, Sylvie Navellou, Claire Lauxerrois, Anne Bouissy, Florence Mas, Dominique Laude, William Koenig, Bénédicte Beaujouan, Antoinette Bouvier.

Aos distribuidores e distribuidoras, que fazem de tudo para levar os livros até você.

Obrigada aos livreiros, que, apesar das dificuldades dos últimos anos, mantêm viva a paixão por criar pontes entre autores e leitores.

Obrigada a Valérie Renaud por dedicar seu tempo à criação da capa magnífica da edição francesa.

Obrigada a Lorraine Fouchet e Valérie Perrin, dois belos encontros dos salões literários.

Obrigada aos bloggers que com tanta generosidade compartilham seu amor pelos livros.

Obrigada a Jean-Jacques Goldman por me autorizar a citar suas palavras, pequena piscadela a meu primeiro romance, *Le Premier Jour du reste de ma vie*, no qual ele teve um papel importante.

E um imenso, profundo e sincero agradecimento a você, querida leitora, querido leitor. Talvez eu não conheça seu rosto, sua voz, talvez nunca nos falemos, nem mesmo por escrito. No entanto, você é um de meus mais belos encontros. Obrigada por ser essa presença invisível que tanto me proporciona.

Este livro foi composto com tipografia Adobe Garamond Pro e impresso em papel Off-White 70 g/m² na Formato Artes Gráficas.